LA PUBLICIENNE

ET

LES REVENDICATIONS UTILES

A PROPOS DE DEUX LIVRES RÉCENTS

PAR

H. ERMAN

PROFESSEUR A L'UNIVERSITÉ DE LAUSANNE

PARIS

ERNEST THORIN, ÉDITEUR

Libraire du Collège de France, de l'École normale supérieure,
des Écoles françaises d'Athènes et de Rome
de la Société des Etudes historiques

7, RUE DE MÉDICIS, 7

1892

LA

PUBLICIENNE ET LES REVENDICATIONS UTILES

A PROPOS DE DEUX LIVRES RÉCENTS

Extrait de la *Revue générale du droit*.

TOULOUSE. — IMPRIMERIE A. CHAUVIN ET FILS, RUE DES SALENQUES, 28.

LA PUBLICIENNE

ET

LES REVENDICATIONS UTILES

A PROPOS DE DEUX LIVRES RÉCENTS

PAR

H. ERMAN

PROFESSEUR A L'UNIVERSITÉ DE LAUSANNE

PARIS

ERNEST THORIN, ÉDITEUR

Libraire du Collège de France, de l'École normale supérieure,
des Écoles françaises d'Athènes et de Rome
de la Société des Etudes historiques

7, RUE DE MÉDICIS, 7

—

1892

LA PUBLICIENNE ET LES REVENDICATIONS UTILES

A PROPOS DE DEUX LIVRES RÉCENTS (1)

I. — *Les systèmes d'Appleton et de Brezzo.*

Parmi les titres que Lyon invoquera (2) pour arriver au but de sa noble ambition, à sa transformation en Université, la monographie sur la Publicienne du pandectiste lyonnais, M. Appleton, ne sera pas le dernier. C'est, en effet, une publication d'une importance toute exceptionnelle et à laquelle ses nombreux critiques français, italiens et allemands, ont été unanimes pour rendre hommage (3).

Dans une série de chapitres, qui sont autant de monographies, l'auteur étudie toutes les questions en partie fort obs-

---

(1) Appleton, *Histoire de la propriété prétorienne et de l'action publicienne.* 2 vol. Paris, 1889. Ernest Thorin. — C. Brezzo, *Rei vindicatio utilis.* Torino, 1889.

(2) « On nous parle, à chaque instant, de décentralisation scientifique. On nous fait miroiter, à travers un prisme enchanteur, l'image plus ou moins virtuelle d'une Université lyonnaise modèle... La décentralisation doit être, avant tout, dans nos mœurs scientifiques, dans nos découvertes qui doivent grandir et se multiplier, *suffisant à prouver qu'un foyer scientifique indépendant brille à Lyon d'un vif éclat.* » Allocution de M. le professeur Cazeneuve dans le *Bulletin des travaux de l'Université de Lyon*, t. IV, p. 102.

(3) Buonamici, *Archivio giur.*, t. XLIII, p. 207-252 ; Brezzo, *ibid.*, p. 267-299, et *Rei vindicatio utilis.* Torino, 1889. — Carusi, *L'azione publiciana.* Roma, 1889. — Audibert, *Nouv. Rev. hist.*, 1890, p. 269-297. — Chironi, *Rivista di Storia ital.*, t. VI, p. 727-32. — Ferrini, *Monitore dei Tribunali*, 7/9 1889. — Bonfante, *Riv. italiana*, 1890. Recens, p. 1-11. — Louis-Lucas, *Bulletin critique*, 15/3 1890, p. 103-109. — *Journal du Palais*, Bullet. bibliogr., 1889 p. 50-52. Glasson, *Séances et trav. de l'Académie des sciences mor. et polit.*, 1889, p. 882-4. — Erman, *Savigny Zeitschrift*, XI, p. 212-277. — Schirmer, *Krit. Vjschr.*, 1890, p. 481-516.

cures qui se rattachent à la Publicienne : la restitution de l'édit publicien (1), l'histoire de l'usucapion, les problèmes des revendications utiles et de la propriété résoluble, etc. Et, partout, il base ses conclusions sur une étude très approfondie et très complète des textes romains et de la littérature moderne. Dans l'interprétation des textes, il sait unir à beaucoup de finesse et d'exactitude un sens pratique remarquable. Pour la littérature, il a voué un soin particulier aux publications allemandes postérieures à Pellat (1853), surtout aux études de Lenel sur l'édit publicien, de Stintzing sur l'histoire de l'usucapion, et de Schulin sur la nature publicienne des revendications utiles et de la propriété résoluble.

Esquissons très rapidement le système de M. Appleton.

Une seule et même Publicienne aurait protégé les deux aspirants à l'usucapion ; le bonitaire, acquéreur *a domino* d'une chose mancipable simplement tradée, et le possesseur de bonne foi, acquéreur *a non domino* d'une chose quelconque. Encore pour les juristes classiques, les ressemblances entre ces deux droitures l'auraient emporté sur leurs différences, et ainsi ils les auraient envisagées comme deux applications d'une seule notion essentiellement une, de la « propriété prétorienne. » C'est là une idée propre à l'auteur, c'est l'idée maîtresse de tout son ouvrage.

Cette propriété prétorienne, le droit à la Publicienne, aurait, sous tous les rapports, différé de la propriété civile, du droit à la revendication. Elle aurait été essentiellement relative, alors que la civile, d'après Appleton, était jusqu'à la fin absolue sous tous les rapports. Elle aurait été relative quant aux personnes, pouvant compéter à plusieurs pour le tout. Et relative quant à sa durée, la Publicienne aurait admis un transfert *ad tempus* ou sous condition résolutoire. Car, d'après D. (17, 1), 57, les faits extincteurs de la propriété (civile) n'auraient pas détruit en elle-même et *officio judicis* la formule publicienne. Elle leur aurait survécu ; seulement que dans le cours normal des choses le préteur l'aurait fait échouer en y insérant une exception. Mais il aurait suffi que le préteur refusât cette exception ou

---

(1) Cette étude, qui forme maintenant le chapitre IV du livre, avait été publiée par anticipation dans cette Revue-ci, en 1886.

qu'elle se brisât contre une réplique, pour rendre un libre cours à la Publicienne en faveur d'un ex-propriétaire civil, mais auquel le préteur voulait venir en aide. Et ainsi il y aurait l'utilisation d'une Publicienne « survivante » dans les cas des revendications utiles et de la soi-disant propriété résoluble. C'est là le système de Schulin, mais plus fortement motivé et mieux développé.

Cette « propriété prétorienne » se serait, sous l'empire, de plus en plus substituée à la civile, car pour échapper à la « preuve diabolique » de la propriété civile, les parties auraient de plus en plus préféré la Publicienne à la revendication, ou plutôt elles auraient combiné les deux actions. Ce mélange des deux actions, le nom de la revendication et les principes de la Publicienne, formerait l'action de propriété dans le droit de Justinien et dans le « droit romain moderne, » notamment chez Pothier. Et même cette revendication publicienne serait à appliquer encore maintenant en France, les rédacteurs du code civil n'ayant ni voulu ni même pu rompre avec tout le passé historique du droit de propriété français, et ainsi, dit l'auteur en terminant, « malgré le silence des codes, malgré les objections des contempteurs de la tradition et de la pratique, la Publicienne subsistera. »

Voilà, dans ses lignes les plus sommaires, le système que l'auteur a dégagé de l'étude approfondie de tant de problèmes importants et obscurs. L'originalité des vues, la solidité des connaissances et, par-dessus tout, la clarté magistrale de l'exposé expliquent l'accueil unanimement favorable que cette publication a trouvé. Écrite par un admirateur passionné du droit romain, elle a cette chaleur communicative qui entraîne la jeunesse. Nous savons d'expérience quel ascendant cet ouvrage est capable d'exercer sur les jeunes romanistes de langue française. Ce qui surtout les fascine et subjugue, c'est le remarquable pouvoir de synthèse grâce auquel l'auteur a su ramener les matières très disparates qu'il traite à une unité systématique en apparence parfaite, mais — en apparence seulement. Car, par suite de l'insuffisance et l'incertitude de nos renseignements, le système d'Appleton est, pour plusieurs de ses idées essentielles, simplement conjectural, malgré la très sincère aversion de l'auteur pour les hypothèses sans fondement solide. Aussi tous ses critiques ont-ils cru devoir détruire telle ou telle partie de la construction monumentale qu'a érigée l'auteur.

Le plus radical de beaucoup dans cette œuvre de démolition est le docteur Brezzo, de Turin, qui s'est, à deux reprises, occupé des théories de notre auteur, d'abord dans sa *Rei vindicatio utilis* (1889), et puis dans une critique très détaillée insérée dans l'*Archivio giuridico* de 1889. Ces travaux de Brezzo, le livre surtout, sont remarquablement forts et dénotent, de sa part, un esprit clair et énergique joint à une intuition très vivante du passé juridique romain et surtout du rôle qu'y a tenu le préteur. Mais ils souffrent.d'un certain parti-pris. Pour maintenir son système à lui et pour ne pas s'engager sur des pentes où, surtout sous la conduite d'un charmeur comme M. Appleton, on risque de se voir entraîné plus loin qu'on n'eût voulu, Brezzo a presque partout contesté les points de départ mêmes de l'auteur.

Ainsi, il conteste la Publicienne du bonitaire. Il conteste l'importance pratique de la Publicienne. Il conteste la survie de sa formule après les faits extincteurs de la propriété. Et après avoir ainsi rejeté toutes les prémisses du système d'Appleton, il en rejette naturellement aussi la conséquence, en contestant la nature publicienne des « revendications utiles. » Au lieu d'utiliser une Publicienne encore « survivante, » comme le pensent Schulin et Appleton, le préteur serait venu en aide aux ex-propriétaires directement en leur octroyant souverainement. *ex. aequo et bono* une revendication utile rescisoire.

Ce sont ces quatre points controversés entre Appleton et Brezzo que nous examinerons rapidement dans cet article. Entre ces deux systèmes nettement contradictoires, très souvent nous nous résignerons à un *non liquet*. Car, pour formuler ici déjà notre principale critique qui est la même pour les deux adversaires, ils sont l'un et l'autre plus affirmatifs que ne le permettent nos sources, dont l'absolue insuffisance résulte déjà des résultats diamétralement opposés qu'en ont tirés nos deux antagonistes (1).

---

(1) Aussi appliquerons-nous à leurs « systèmes complets » sur la Publicienne et les revendications utiles le jugement porté dans un récent traité d'archéo-

II. — *La Publicienne et la propriété bonitaire.*

En droit de Justinien, la Publicienne ne protège que l'acqué-quéreur de bonne foi *a non domino* : D. (6, 2), 1, *pr.* Sur son rapport avec la propriété bonitaire classique, il y a trois théories encore dans les publications de 1889. D'après Appleton (1), une seule et même Publicienne aurait protégé le bonitaire et le possesseur de bonne foi. D'après Lenel (2), il y aurait eu pour ces deux cas, deux formules publiciennes différentes. Enfin, d'après Brezzo (3), la Publicienne déjà avant Justinen n'aurait protégé que l'acquéreur *a non domino*, le bonitaire aurait revendiqué avec une autre fiction, probablement *ac si res mancipio data esset*.

L'idée de Brezzo a pour elle un texte : D. (6, 2), 17, de Nératius (4). Lu sans parti-pris, ce texte semble, en effet, borner la Publicienne au seul acquéreur *a non domino* et dire qu'elle échoue toujours contre l'*exceptio dominii*. Mais nous verrons après (p. 257) qu'on peut aussi l'expliquer autrement, et il faudra le faire, parce que de nombreux arguments s'opposent à l'idée de Brezzo (5).

---

logie sur les efforts désespérés pour élucider quelque point obscur de l'histoire de l'art :

« La meilleure preuve de notre réelle ignorance, ce sont précisément toutes ces dissidences que nous constatons entre les plus compétents historiens de l'art antique. Pour rallier tous les suffrages, *il suffit peut-être à la critique de se montrer moins ambitieuse, de ne rien chercher au delà des faits évidents,* de laisser venir à soi la vérité qui se dérobe devant les téméraires » (Lalou et Monceaux, *Restauration d'Olympie*, fragment publié dans la *Revue archéologique*, XIV, p. 62).

(1) Chapitres III et IV.

(2) *Palingénésie*, II, p. 511, 512, et 1264.

(3) *Rei vind. utilis*, p. 55; *Archivio*, t. XLIII, p. 271 ff. — En discutant le système de Brezzo dans la *Savigny Zeitschr.*, XI, p. 226-7, nous n'avons pas apprécié à sa juste valeur l'argument de D. (6, 2), 17; aussi modifierons-nous quelque peu nos conclusions.

(4) « *Publiciana actio non ideo comparata est, ut res domino auferatur : eiusque rei argumentum est primo aequitas, deinde exceptio « si ea res possessoris non sit » sed ut is qui bona fide emit possessionemque eius ex ea causa nactus est, potius rem habeat.* »

(5) Quant aux autres textes invoqués par Brezzo, D. (6, 2), 1 *pr.*, est très probablement interpolé, et D. (20, 1), 18 (Paul, 19, ad Ed., ad *Publicianam!*) peut au moins l'être; voir Erman, *Sav. Zeitschr.*, XI, p. 268. Et sans cela Paul

D'abord, plusieurs textes montrent assez clairement la Publicienne du bonitaire (1). Puis G. , 4 , 36 , aurait certes mentionné la restriction de la Publicienne aux seuls acquéreurs de bonne foi *a non domino*. Puis, pour protéger le bonitaire, aspirant à l'usucapion, pourquoi le préteur aurait-il préféré à la fiction simple et élégante, *si anno possedisset*, la fiction artificielle d'une mancipation de l'esclave tradé? Ensuite, l'interpolation très probable (v. la note 4) du *non a domino*, D. (6, 2), 1, *pr.*, contredit à l'idée de Brezzo. Enfin et surtout, nous invoquerons contre lui et pour la Publicienne unique et double d'Appleton la règle *exceptio dominii causa cognita datur* que D. (17, 1), 57, atteste et que rien ne nous permet de révoquer en doute. Le préteur, par là, se réservait un examen spécial avant de protéger contre la Publicienne le propriétaire civil. Il s'attendait donc à devoir *fréquemment* (2) donner gain de cause à la Publicienne (3). Cela s'explique pour une Publicienne protégeant aussi le bonitaire. La promesse du préteur de vouloir, le cas échéant, refuser l'exception de propriété aurait offert au

pouvait fort bien s'exprimer comme il le fait au sujet d'une Publicienne protégeant aussi le bonitaire : « *Si ab eo qui Publiciana uti potuit, quia dominium non habuit pignori accepi sic tuetur me per Servianam praetor quemadmodum debitorem per Publicianam.* » En effet, Paul pouvait ou bien entendre par *dominium* celui des Quirites, alors le *sic... quemadmodum* distinguerait précisément entre les deux demandeurs publiciens différemment protégés. Ou bien il aurait entendu par *dominium* aussi l'*in bonis;* alors il n'aurait traité ici que de la possession de bonne foi protégée par la Publicienne en l'opposant à la propriété (bonitaire et quiritaire). — A ces textes de Brezzo ajoutons encore D. (5, 3) 19 *pr.* qui à première vue, mais aussi à première vue seulement, semble identifier les choses protégées par la Publicienne avec les choses d'autrui.

(1) D. (19, 1), 31, § 2 : « évidemment la *même* action pour les acquéreurs *a non domino* et *a domino;* » D. (44, 4), 4, § 32 : « *fundus,* — *in bonis;* » D. (21, 2), 39, § 1 : « esclave simplement tradé; » D. (6, 2), 11, § 1 : « tradition d'une servitude *per domum* « *suam,* » c'est-à-dire *a domino;* » D. (6, 2), 12 *pr.* et D. (17, 1), 57 : « des esclaves que leur acquéreur doit encore usucaper; — d'après les circonstances on pensera à l'usucapion du bonitaire. » Enfin trois textes qui donnent la Publicienne à des acquéreurs prétoriens qu'on présumera être des acquéreurs *a domino* : D. (6, 1), 70; D. (39, 2), 18, § 15 ; D. (6, 2), 6 et 7 *pr.*

(2) Voir les règles d'or, D. (1, 3), 4 et 5.

(3) Et cela dans des cas où le demandeur publicien n'était pas déjà protégé par l'*exceptio* (ou *replicatio*) *rei venditae et traditae*, laquelle, très probablement, existait déjà lorsque, pour le même cas, on introduisit le moyen offensif de la Publicienne.

bonitaire la garantie que le préteur lui accorderait contre la
nue propriété quiritaire cette protection absolue à laquelle il
pouvait prétendre. Par contre, cette réserve prétorienne serait
souverainement superflue et inexplicable vis-à-vis d'une formule publicienne ne protégeant que l'acquéreur *a non domino*.

Ce dernier argument nous paraît, dès lors, s'opposer aussi à
l'idée de Lenel de deux formules publiciennes, laquelle, du
reste, se heurte encore à d'autres difficultés (1).

En tout cas, il est probable à priori que la Publicienne, dont
la fiction invoque l'analogie de l'usucapion, aura, comme l'usucapion, protégé indistinctement le bonitaire et le possesseur de
bonne foi. Mais cette idée (celle d'Appleton) est-elle conciliable
avec nos restes de l'édit publicien ? D. (6, 2), 1, *pr.*, et 7, § 11.
Dans D. (6, 2), 1 , *pr.* , le *non a domino* est très probablement
interpolé (2). Il ne s'oppose donc pas à l'attribution de cette
Publicienne aux acquéreurs *a domino* et *a non domino*. Quant
à l'*id quod traditur ex iusta causa* de D. (6, 2), 1, *pr.*, ce *traditur* n'appartient très certainement pas à l'original prétorien (3).
Mais cela ne prouve pas la justesse de la conjecture de Lenel
qui y voit un tribonianisme pour *id quod mancipatur traditum
ex iusta causa*. Car, par cette conjecture, l'édit D. (6, 2), 1, *pr.*,
serait restreint au bonitaire par opposition à l'acquéreur de
bonne foi (*qui bona fide emit* : D. (6, 2), 7, § 11) (4). Or, cette

(1) Voir Erman, *Sav. Zeitschr.*, XI, p. 240-1.

(2) Voir Appleton, n° 33; contre lui, Brezzo, *Archivio*, XLIII, p. 271 et suiv.,
et contre lui, Erman, *Sav. Zeitschr.*, XI, p. 227. — Brezzo est très sceptique à
l'égard des interpolations, dont les recherches systématiques d'Eisele, Gradenwitz, Lenel et d'autres font de plus en plus entrevoir le nombre et l'importance. Il parle de ces pauvres compilateurs que l'on accuse de nombreuses
interpolations. C'est décidément être plus royaliste que le roi. Car n'est-ce pas
Justinien lui-même qui nous affirme que *multa et maxima transformata sunt*
(Fanta, § 10), constatant ainsi la fidèle exécution de l'ordre qu'il avait donné
aux commissaires pour le Code et pour les Pandectes *Haec quae necessario*,
§ 2; *Summa reipublicae*, § 3; *Deo auctore*, § 7) de changer, au besoin, les
textes recueillis, fût-ce même pour leur faire dire le contraire, *Deo auctore*,
§ 7 : « *et si... in contrarium in compositione inveniantur*, » procédé dont
D. (18, 6), 19 ⟨18⟩, § 1, comparé à *Vat. fr.*, § 12, offre un exemple.

(3) Pour les raisons grammaticales développées (d'après Lenel), par Appleton,
n° 29 et suiv., et complétées (contre Caruzi , *L'az. publ.*, p. 29 et suiv.) par
Erman, *Sav. Zeitschr.*, XI, p. 229 et suiv.

(4) On rejettera, en effet, comme trop artificielle et peu vraisemblable, la ten-
tative d'Appleton, n° 32, et Bonfante (*Riv. p. le sc. giur.*, 1890, p. 97), de concilier cette conjecture de Lenel avec l'attribution aussi au *b. f. p*⁰ʳ de l'édit

restriction échoue, comme l'a très bien montré Appleton (n° 27), contre le *non solum emptori bonae fidei* qu'Ulpien, D. (6, 2), 3, § 1, donne comme exemple de l'édit de D. (6, 2), 1, *pr.* Il faudra donc rejeter la conjecture de Lenel et supposer une autre provenance pour l'absurde *traditur* (1). Dès lors, rien dans D. (6, 2), 1, *pr.*, ne s'oppose à l'attribution primitive de cet édit à une Publicienne protégeant le bonitaire et l'acquéreur *a non domino*.

D'autant plus embarrassant est Ulpien, D. (6, 2), 7, § 11 : *Praetor ait : « qui bona fide emit. »* Avec la Publicienne de Brezzo, bornée au seul acquéreur *a non domino* ou avec la formule spéciale pour lui de Lenel, ce texte cadrerait très bien. Mais ces deux systèmes, nous l'avons vu, échouent contre la règle *exceptio dominii causa cognita datur*, ainsi que contre d'autres arguments. Il faudra donc ou bien déclarer irrésoluble avec nos données le problème de la Publicienne du bonitaire ou bien essayer de concilier ce *« qui bona fide emit »* avec le système par lui-même le plus probable d'une Publicienne unique et commune au bonitaire et à l'acquéreur *a non domino*. Voici l'hypothèse que nous avons proposée pour ce but (2).

Par *« qui bona fide emit »*, le préteur entendait aussi le bonitaire, car Ulpien, en commentant cette phrase : D. (6, 2), 7, § 11, et, dans une autre occasion : D. (48, 5), 28, <27,> § 1, semble comprendre le *b. f. emptor* dans ce double sens, et de même Julien : D. (41, 4), 8. Ce dernier pourrait donc très bien avoir maintenu cette terminologie (probablement archaïque) dans sa rédaction définitive de l'édit, tandis que l'origine de cette phrase remonterait à Publicius, à l'époque duquel les deux

---

D. (6, 2), 1 *pr.* : « *Si quis id quod traditur vel etiam mancipatur traditum ex iusta causa.* »

(1) Voici, par exemple, une possibilité qu'ont signalée, indépendamment l'un de l'autre, deux critiques d'Appleton (Schirmer, *Krit. Vjschr.*, 1890, p. 486 ; Erman, *Sav. Zeitschr.*, XI, p. 232). Dans le manuscrit utilisé par le compilateur d'Ulpien, 17, *ad Ed*, il pourrait y avoir eu, par une erreur du copiste, *traditur* au lieu et place d'un *tradit'er* (*traditum erit*) du texte primitif. Le compilateur, lisant alors dans son manuscrit *traditur*, pouvait très bien (comme l'a rendu probable Lenel) avoir supprimé le *traditum* dans la citation de l'édit D. (6, 2), 3, § 1 : « *Ait praetor : « (traditum ?) ex iusta causa petet »* — *qui ergo iustam causam « traditionis » habet.* »

(2) *Sav. Zeitschr.*, XI, p. 236-9.

aspirants à l'usucapion étaient très probablement encore théoriquement indistincts.

A ces hypothèses, on objectera entre autres que Neratius D. (6, 2), 17, en commentant le *qui bona fide emit*, semble le rapporter au seul acquéreur *a non domino*. Il dit, en effet, que la Publicienne échoue toujours contre l'*exceptio dominii*. En d'autres termes, il semble attester la non-existence de la Publicienne du bonitaire ; mais, puisque de très bonnes raisons parlent pour son existence (1), on est en droit de comprendre autrement les mots de Neratius.

Nous dirons, par exemple, que la notion de la bonne foi était infiniment plus importante et plus susceptible de commentaire pour l'acquéreur *a non domino* que pour le bonitaire. Et ainsi le *qui bona fide emit*, tout en désignant ces deux comme acheteurs de bonne foi pourrait n'avoir été commenté par Neratius qu'en vue du seul acquéreur *a non domino*.

Reste l'objection la plus embarrassante. Lenel a dit avec raison que, d'après sa forme grammaticale, le *qui bona fide emit* semble appartenir à une formule plutôt qu'à un édit (2). Or, avec l'interprétation que nous proposons pour le *bona fide emere*, cette formule serait la formule générale et unique de la Publicienne, celle-là même que nous a conservée Gaius, 4, 36. Or, la formule de Gaius porte *emit* et non pas *fide bona emit*. Il faudrait donc, pour maintenir notre hypothèse, supposer l'omission du *fide bona* soit par le copiste, dont le manuscrit de Vérone atteste l'absolue négligence (3), soit aussi par Gaius lui-même. Gaius aurait pu omettre ces mots pour une double raison. D'abord, comme étant absolument superflus, la fiction d'usucapion impliquant déjà l'exigence de la bonne foi. Puis, comme étant même dangereux, car le double sens du *fide bona emere* n'était certainement plus familier aux institutionistes de Gaius (voir 2, §§ 40 et suiv.), et ainsi un *fide bona emit*, dans la formule publicienne, les aurait facilement séduits à restreindre la Publicienne au seul acquéreur *a non domino* en la refu-

_____

(1) Voir plus haut, p. 5.

(2) Voir Erman, *Sav. Zeitschr.*, XI, p. 233-4.

(3) Voir Erman, *Sav. Zeitschr.*, XI, p. 248, où cependant, induit en erreur par les italiques de l'édition de Krueger-Studemund, nous avons, à tort, imputé au manuscrit véronais l'omission de *ex iure Quiritium* dans la formule G. 4, 36.

sant au bonitaire. Cette explication nous paraît moins invraisemblable que celles proposées jusqu'ici. Mais elle est très loin d'être sûre.

Aussi ne nous coûterait-il pas beaucoup de conclure tout simplement par *non liquet.* Les trois systèmes possibles se heurtant chacun à des objections presque insurmontables, on est, en tout cas, en plein dans les conjectures, en prenant comme base des raisonnements ultérieurs l'un quelconque de ces trois systèmes.

III. — *Le rôle pratique de la Publicienne et son application aux fonds provinciaux.*

D'après Appleton (n° 228), la Publicienne aurait été fréquente au point d'absorber et de remplacer peu à peu la revendication. D'après Brezzo, au contraire, elle aurait été rare. Voici un fait non encore relevé et qui parle plutôt pour sa rareté pratique. C'est la non-mention de la Publicienne dans plusieurs recueils destinés à la *pratique* romaine, dans les *Sentences* de Paul et dans les codes de Théodose II, d'Alaric II et de Justinien.

Or, cette rareté nous semble, en effet, admissible dans le domaine de l'usucapion. Car, pour les principaux objets des procès de propriété, les esclaves et les fonds (italiques), les 1 ou 2 ans de l'usucapion n'étaient qu'une partie insignifiante du temps total pendant lequel en moyenne ces choses restaient dans le même patrimoine. La grande majorité des procès de propriété dans le domaine de l'usucapion doit donc avoir visé des *usucapta*, des fonds ou esclaves que leur prétendu propriétaire avait acquis depuis bien plus que le délai de l'usucapion. Or, en pareil cas, on n'aura guère préféré la Publicienne à l'action normale du propriétaire. Car son seul et unique avantage aurait été de dispenser le demandeur de prouver la continuation de sa possession pendant 1 ou 2 ans, et cette preuve-là ne pouvait paraître difficile aux juristes classiques avec la facilité étonnante en matière de preuves qu'ils supposaient de la part de leurs juges (1). Constatons, à cet égard,

____

(1) En voici deux exemples.
Sans aucune présomption légale, les juges romains ont su régler la question

que le Code, notre miroir relativement le plus fidèle de la pratique judiciaire romaine, ne nous montre jamais comme objection à une usucapion invoquée par l'adversaire l'affirmation d'une perte anticipée de la possession, mais seulement des allégations qui auraient ruiné aussi la Publicienne, à savoir que la chose serait volée ou *vi possessa* (1).

On peut donc admettre que, pour les choses de fait usucapées, l'avantage de ne pas avoir à prouver la possession annale ou bisannuelle ne paraissait pas assez grand aux juristes romains pour recommander à cause de lui la Publicienne au lieu de la revendication (2).

En tout cas, les textes sur la Publicienne qui nous permettent d'en entrevoir les circonstances ne nous la montrent que pour des *nondum usucapta* (3).

de l'absence : évidemment, en traitant de mort l'absent, dont les circonstances rendaient la mort très vraisemblable.

De même, les juristes romains admettent tout couramment comme possible un procès que tout praticien moderne déconseillerait en raison de la difficulté insurmontable des preuves, à savoir la revendication des monnaies : C. (3, 41), 1 ; D. (15, 1), 37, § 1, 38 *pr.* ; D. (23, 3), 67 ; D. (24, 1), 39 ; D. (40, 7), 3, § 5 ; D. (42, 5), 24, § 2 ; D. (42, 8), 8 ; D. (45, 3), 1, § 1 ; *D.* (46, 1), 19 ; D. (46, 3), 14, § 8 ; 15 ; 17, et d'autres encore. Et pourtant, à Rome, tout comme aujourd'hui, l'argent n'avait pas de couleur. Un texte (D. (23, 3), 67, de Proculus) ne va-t-il pas jusqu'à traiter de possible la revendication de monnaies pendant toute une année, jusqu'à ce qu'elle soit empêchée par leur usucapion !

Une jurisprudence qui avait (ou croyait avoir !) à sa disposition des juges aussi peu pédants en matière de preuves, ne peut avoir trouvé difficile la preuve de la continuation, pendant un ou deux ans, d'une possession dont on avait prouvé l'acquisition.

(1) C. (7, 26), 1, 3, 5, 6 ; C. (7, 27), 2 ; C. (7, 30), 3. — Les Pandectes aussi ne renferment pas un seul *responsum* sur une usucapion interrompue par la perte de la possession. Les textes sur l'*usurpatio* — D. (41, 3), 2, 5 ; 15 *pr.*, §§ 1, 2 ; 20 ; D. (41, 4), 7, § 4 — peuvent tous être envisagés comme simplement théoriques.

(2) C'est dans ce sens que nous comprendrons la phrase d'Ulpien, invoquée aussi par Brezzo, *Archivio*, t. XLIII, p. 287, note 1, D. (6, 2), 1, § 1 : *Merito praetor ait « nondum usucaptum, » nam si usucaptum est habet civilem actionem nec desiderat honorariam.* — Notons aussi que, dans la fréquente comparaison de la revendication avec les interdits possessoires, — G., 4, 148 ; D. (43, 17), 1, §§ 2, 3 ; C. (3, 32), 13 ; J. (4, 15), § 4 et D. (7, 6), 5 *pr.*, — le moyen terme de la Publicienne n'est jamais mentionné. On peut en inférer que, dans la preuve de la propriété (par usucapion), la partie pratiquement difficile n'était pas la preuve de la possession non interrompue, dont aurait dispensé la Publicienne, mais celle du titre (ou de la « *res habilis* »), que la Publicienne exigeait tout comme la revendication.

(3) Ainsi, l'édit D. (6, 2), 1 *pr.*, et les définitions générales, G., 4, 36 ; D. (6, 2),

Dans le domaine de l'usucapion, la rareté pratique de la Publicienne serait donc très compréhensible.

Mais peut-on encore expliquer la non-mention de la Publicienne dans les recueils *pratiques* de Paul, Théodose II, Alaric et Justinien (529), si la Publicienne s'appliquait aussi dans le domaine de la prescription de 10 ou 20 ans et, en particulier, aux fonds provinciaux ? Avec le grand nombre de ces fonds (1), l'action servant pour leur revendication aurait dû, semble-t-il, devenir une action pratiquement très fréquente et alors les Codes l'auraient mentionnée. Mais, d'autre part, l'utilité considérable de la Publicienne à côté d'une prescription aussi longue et aussi difficile à prouver rendrait inexplicable qu'on ne l'eût pas appliquée aux fonds provinciaux. Dans ce dilemme recourons aux textes. Ils parlent, mais faiblement, *en faveur* d'une Publicienne provinciale (2).

Deux mots encore sur la prétendue absorption de la revendication dans la Publicienne.

Cette question, — comme du reste aussi celle de la Publicienne provinciale, — est obscure par suite de l'obscurité pour nous des transformations de la procédure sous l'empire et surtout sous l'empire byzantin. D'un côté, nous trouvons fréquemment des termes comme *rem petere, petere rem ad se per-*

1, § 1; J. (4, 6), § 4. Puis, tous les textes qui la montrent aux prises avec une *exceptio dominii*, fondée sur une propriété antérieurement existante et qui, par l'usucapion, aurait été détruite : D.(6, 2), 16, 17; D. (9, 4), 28, D. (44, 2), 24; D. (44, 4), 4, § 32; D. (6, 1), 72. Enfin, deux textes dont les circonstances de fait font penser à la non expiration de l'usucapion : D. (6, 2), 12 *pr.* : la Publicienne est intentée par la fiancée-donataire *encore comme fiancée* (Appleton, n° 281); et D. (17, 1), 57 : un marchand d'esclaves n'en aura guère gardé un certain stock toute une année. — Quant au texte D. (21, 2), 66 *pr.* de Papinien, où le vendeur d'un fonds conseille à l'acheteur de le réclamer par la Publicienne plutôt que par la revendication, outre qu'on peut le rapporter au cas d'une usucapion non encore accomplie, désigne en tout cas la Publicienne comme une précaution toute spéciale. Il parle donc contre plutôt que pour sa fréquence pratique.

(1) Voir la liste de textes chez Erman, *Sav. Zeitschr.*, XI, p. 271.

(2) Surtout Paul, 19, *ad Ed.*, D. (6, 2), 12, § 2 : *In vectigalibus* ET IN *aliis* PRAEDIIS QUAE USUCAPI NON POSSUNT, PUBLICIANA *mihi* COMPETIT *si forte bona fide mihi tradita est.* — Lenel (*Paling.*, h. l.) voit, à la vérité, dans les mots *competit — tradita est* une interpolation pour *non competit.* Le texte alors prouverait, tout au contraire, la non existence de la Publicienne provinciale. Mais cette interpolation est loin d'être prouvée : Voir Erman, *Sav. Zeitschr.*, XI, p. 275. — Les deux autres textes, qui parlent — très faiblement — pour une Publicienne pour fonds provinciaux, sont : C. (2, 19 < 20 >), 3, et C. (7, 35), 6.

tinere (1), *in rem actio*, qui n'ont qu'une signification toute
matérielle. Leur rapport avec le système des actions réelles
formulaires nous échappe, mais si nous n'avions que ces
textes-là, on pourrait en inférer (avec Appleton et Audibert) la
confusion dans une seule procédure des actions réelles classiques, nommément de la revendication et de la Publicienne.

Mais d'autres indices parlent plutôt pour le maintien comme
distincts de ces types d'actions. Brezzo déjà a insisté sur le fréquent emploi jusqu'à Justinien des termes de *vindicatio*, *vindicare* (2), *dominium proprietatem vindicare*, etc. (3). Mais ce
qui, à notre avis, rend surtout vraisemblable que cette revendication des rescrits impériaux est la civile et non pas la Publicienne, c'est le fait que l'usucapion est dite en détruire l'*intentio* (4), car l'usucapion du défendeur détruisait bien l'*intentio*
de la revendication, mais, d'après D. (17, 1), 57, elle laissait
intacte celle de la Publicienne qui devait être repoussée au
moyen d'une exception.

IV. — L'influence sur la Publicienne des faits extincteurs de la
propriété.

Le juge de la formule publicienne doit-il absoudre d'office le
défendeur s'il prouve que, depuis l'acquisition publicienne du
demandeur, il est arrivé un fait civilement destructeur de la
propriété, par exemple l'usucapion d'un tiers ou une aliénation
en forme civile?

Il doit l'absoudre, dira-t-on d'après la formule chez G., 4,
36 : « Le demandeur devrait-il être propriétaire, s'il avait possédé pendant un an l'esclave qu'il a acheté et reçu par tradition? » En effet, le juge, avec cette formule, supposera l'usucapion du demandeur à partir de la tradition (5). Dès lors,

---

(1) D. (50, 16), 181 ; *Consultatio* 6, 6 (Paul., *S. R. I.*) : *Consultatio* 6, 15 (Dio-
clét.) ; C. (4, 19), 2.

(2) Voir, par exemple, C. (2, 4), 28, 33 ; C. (3, 31), 7 ; C. (3, 32), 3, 4, 8 ; 9, 10,
11, 13, 14, 16, 19, 21, 23, 24, 27, etc., etc.

(3) Pour des fonds, C. (3, 32), 4, 14, 19 ; C. (4, 19), 2, 16, 21 ; C. (8, 10), 4, etc. ;
pour des esclaves : C. (3, 32), 10, 13, 21, 23, etc.

(4) Alexandre : C. (7, 26), 4 ; C. (7, 30), 3 ; Dioclétien : C. (3, 32), 24 ; C.
(4, 19), 16.

(5) Voir cependant, p. 318, l'interprétation différente d'Appleton.

l'usucapion effective du défendeur aurait suivi cette usucapion feinte et en aurait de plein droit détruit l'effet, la propriété fictive du demandeur. Le juge devrait donc débouter la Publicienne d'office et sans exception prétorienne. Et si, dans un cas exceptionnel, le préteur voulait quand même faire réussir cette Publicienne, il devrait y insérer une fiction rescissoire : *ac si res usucapta non esset*, procédé que semble, en effet, indiquer la *Publiciana rescissa usucapione* dont parle Paul, D. (44, 7), 35, *pr.* Ajoutons que, — sauf dans D. (17, 1), 57, — la « survie » de la Publicienne n'apparaît pas ou guère dans les textes, et qu'ainsi, à ce point de vue encore, on présumera pour sa non-survie, pour son extinction *officio iudicis*, par les faits destructeurs de la propriété et de la revendication.

Mais quelque nombreux et forts que soient ces arguments, ce ne sont que des arguments et des indices, et ainsi ils doivent le céder au témoignage exprès que fournit en sens contraire le fameux texte de Papinien, D. (17, 1), 57 (1).

Les défendeurs ont usucapé les esclaves que le demandeur avait acquis d'une manière publicienne. Papinien suppose alors que pour repousser la Publicienne ils demanderont au préteur une exception de propriété et qu'il suffira de ne pas insérer cette exception pour les faire condamner (2).

(1) *Papinianus libro 10 responsorum. Mandatum distrahendorum servorum defuncto qui mandatum suscepit intercidisse constitit. Quoniam tamen heredes eius errore lapsi non animo furandi, sed exsequendi quod defunctus suae curae fecerat servos vendiderant, eos ab emptoribus usucaptos videri placuit. Sed venaliciarium ex provincia reversum Publiciana actione non inutiliter acturum cum exceptio iusti dominii causa cognita detur neque oporteat eum qui certi hominis fidem elegit, ob errorem aut imperitiam heredum adfici damno.* — La Florentine lit *non utiliter*, mais par une simple erreur, car quatre textes du même âge et indépendants entre eux garantissent l'authenticité du *non inutiliter*. Voir la note de la grande édition de Mommsen.

(2) C'est là l'interprétation, communément acceptée, de Savigny, *System d. heut. R. R. VII*, Beil., XIX. Il entend le *cum exceptio dominii causa cognita detur* dans le sens d'une constatation générale : « l'*exc. dom.* n'est *jamais* donnée qu'après enquête. » Quant à l'application pratique de ce principe général : « Ici cette enquête aboutira au *refus* de l'exception, » Papinien l'abandonnerait à la sagacité de son lecteur, sur laquelle, on le sait, il a l'habitude de beaucoup compter. Cette interprétation n'a donc rien d'impossible. — « Mais, » a-t-on dit, « le principe est impossible, que le texte semble attester. Comment l'exception de propriété aurait-elle exigé une *causae cognitio*, que n'exigeait pas l'action de propriété ? » La réponse est aisée : L'exception de propriété n'a lieu que dans la Publicienne, et c'est la Publicienne et non la

Ce texte, tel qu'il est (il est peut-être gâté), nous force donc d'admettre (1) que, contrairement à son sens immédiat, la formule publicienne restait recevable pour le juge-juré malgré les faits destructeurs de la propriété. Il fallait l'insertion d'une exception prétorienne, là où le juge aurait débouté d'office la revendication. Quant à D. (44, 7), 35, *pr.*, il faudra l'accorder avec ce résultat en comprenant le *rescissa usucapione* d'une *réplique* rescissoire opposée à l'exception de propriété.

La différence que D. (17, 1), 57, nous force de supposer entre la revendication et la Publicienne pourrait avoir eu des conséquences juridiques très importantes que Schulin a mises en lumière avec une admirable sagacité. Mais où il va trop loin et où Appleton qui, d'ailleurs, adopte son système, se sépare de lui à bon droit, c'est lorsqu'il affirme que même l'aliénateur ne perdait la Publicienne qu'en vertu d'une exception. Cette thèse de Schulin échoue, en effet, contre un argument de M. Audibert, de Lyon, le savant et sagace collègue de notre

propriété qui fait désirer au préteur une appréciation personnelle des circonstances. — Nous avons vu que cette réserve s'expliquerait très bien (mais aussi seulement) avec une Publicienne protégeant à la fois le bonitaire et le possesseur de bonne foi, et nous l'avons invoquée pour prouver cette unité de la Publicienne. — Maintenant la leçon peut être fausse. Au lieu de *detur*, il peut y avoir eu *denegetur*. Alors toutes nos conclusions tomberaient. Aussi donnons-nous nos théories, seulement comme probables, comme résultant de textes que rien ne nous autorise à révoquer en doute.

Tel est notre *cum... detur*. Aussi ne croyons-nous pas d'une bonne méthode de le remplacer (avec Brinz) par *cum... denegetur*, et encore moins (comme le fait Brezzo, *Arch.*, XLIII, p. 289) d'opérer avec cette leçon, sans pourtant l'adopter ouvertement.

(1) Audibert, *Nouv. Rev. hist.*, 1890, p. 296, note 1, veut maintenir envers D. (17, 1), 57, l'idée que la Publicienne s'éteignait *officio iudicis* par l'usucapion. « Le magistrat rescinde l'usucapion accomplie contre le propriétaire absent. » Il est, en effet, possible que le préteur ait prononcé, d'une manière abstraite et générale, la restitution en entier (le *iudicium rescindens* des glossateurs), de même qu'il prononçait, par exemple, l'octroi d'une *bonorum possessio*. Mais s'ensuit-il de là que cette restitution, ainsi prononcée d'une manière abstraite, devait être sans autres prise en considération par le juge-juré.

Nous pensons que non, en nous fondant sur l'analogie de la *bonorum possessio*. Malgré la prononciation générale en faveur du *bonorum possessor*, il perdrait évidemment tous ses procès, si le préteur n'insérait pas, dans la formule de chaque procès, la fiction *si heres esset*.

Nous ne pouvons donc pas non plus admettre avec Audibert que, dans la Publicienne, il aurait suffi du fait de la rescision abstraite de l'usucapion pour amener la condamnation si, en principe, le juge-juré avait dû débouter d'office le demandeur publicien contre lequel une usucapion était prouvée.

auteur. Nous tenons cet argument pour un des rares points presque certains dans le vaste marais d'hypothèses et de pétitions de principes qui s'appelle la théorie de la Publicienne. Voici cet argument (voir Appleton, n° 282, note 55, et Audibert, *Nouv. Rev. hist.*, 1890, p. 288).

Si l'aliénateur avait gardé la Publicienne, sauf à se voir opposer une exception (de propriété ou de chose donnée et livrée), l'empire de la loi Cincia se serait, — contrairement à Vat., fr. 293, — indéfiniment prolongé. Car cette exception aurait toujours donné prise à la réplique de la loi Cincia. Le donateur et, en général, l'aliénateur doit donc avoir perdu la Publicienne autrement que par une exception. Mais faut-il pour cela, avec Audibert et Appleton, admettre que l'aliénateur aurait perdu la Publicienne de plein droit et par l'office du juge? Non, pensons-nous, car cela nous mettrait en conflit avec D. (17, 1), 57, lequel texte nous semble exclure l'idée que dans un cas quelconque, par exemple dans celui de l'aliénation, le juge-juré aurait débouté d'office la Publicienne (1). Mais y a-t-il donc un moyen terme entre l'action déboutée *ope exceptionis* et *officio iudicis?* Il y en a un, c'est l'action refusée *officio praetoris*. Souverain réalisateur des principes de ses créations, le préteur refuse d'office une action prétorienne toutes les fois que l'étroitesse de sa formule la rend encore recevable *officio iudicis*, alors que son principe aurait exigé qu'elle n'aboutît pas. Ce refus *officio praetoris* qui nous est attesté, par exemple, pour l'action du constitut (2), pour la quasi-servienne (3) et pour l'action de *usufructu tradito* (4), pourrait aussi avoir eu lieu pour le demandeur publicien qui, contrairement au principe de cette action, aurait voulu avec elle réclamer une chose par lui aliénée. Par cette supposition nous serions en paix avec D. (17, 1), 57, aussi bien qu'avec l'argument de la loi Cincia. En effet, si le refus prétorien en cas de contestation se transforme en une exception, ce fait n'aurait pourtant pas pu conduire ici à une exception avec réplique de la loi Cincia. Car le

---

(1) Nous montrerons tout à l'heure l'invraisemblance des autres interprétations de D. (17, 1), 57.

(2) D. (13, 5), 16, § 3; 27 (Labeon).

(3) D. (20, 6), 6 *pr.*; 13, etc.

(4) D. (7, 4), 1 *pr.*; D. (7, 6), 3.

préteur habitué à mener rondement les affaires n'aurait certes pas permis à un demandeur publicien d'invoquer à la fois (ne fût-ce qu'éventuellement) la loi Cincia et de contester le fait de sa donation. Malgré D. (44, 1), 9, il y aurait vu un aveu de l'aliénation et refusé d'office et directement la Publicienne !

Reste à savoir comment, en dépit du sens exact de la formule publicienne, on aurait pu arriver à la règle positive, — que D. (17, 1), 57, nous force de supposer, — de sa survie après les faits extincteurs de la propriété. Cela s'expliquera par l'habitude des Romains de toujours partir, dans l'établissement de leur droit, du cas normal pour en généraliser ensuite les règles. Or, quel est, pour le conflit de la Publicienne avec la propriété, le cas normal, est-ce le cas d'une propriété postérieurement acquise et où la formule aurait autorisé le juge à absoudre d'office ou est-ce le cas d'une propriété antérieure ? Très évidemment ce dernier. Or, une propriété antérieure ne peut triompher de la Publicienne qu'au moyen d'une exception. Quoi d'étonnant, dès lors, si, généralisant cette pratique, on avait établi la règle positive que *tout* propriétaire en conflit avec la Publicienne pouvait et devait se protéger par une exception de propriété. Peut-être que le juge aurait absous d'office, en vertu du sens logique de la formule, un défendeur, propriétaire par usucapion postérieure, qui, par négligence ou erreur, serait arrivé devant lui sans exception. Mais il aura très certainement condamné, malgré le sens de la formule, le défendeur de D. (17, 1), 57, auquel le préteur, dans le but de le faire condamner, a refusé l'exception. Car le juge doit obéir aux directions que le préteur lui donne même indirectement par la formule (1).

Voilà par quelles hypothèses nous proposons de concilier les

______

(1) Voici, à l'appui de cette thèse, un cas analogue au nôtre et qu'on n'hésitera guère à décider dans le sens indiqué : La dation en payement éteignait les créances d'après les Proculiens *ope exceptionis ;* d'après les Sabiniens, *ipso iure.* Un préteur proculien, comptant sur un juge-juré du même bord, restitue un mineur contre une dation en payement par la simple non insertion de l'exception (au lieu d'une fiction rescissoire : *ac si in solutum datum non esset*). Mais le juge est Sabinien et, comme tel, habitué d'absoudre pour dation en payement, sur le vu de la seule formule. Le fera-t-il ici ? — Très probablement, non. Il préférera s'incliner devant la volonté prétorienne, manifestée d'une façon très claire quoique indirecte.

trois données en apparence contradictoires sur la question de ce paragraphe, à savoir le sens immédiat de la formule publicienne, le témoignage de D. (17, 1), 57, et l'argument de la loi Cincia.

Ce ne sont que des hypothèses mais qui nous paraissent moins invraisemblables que celles proposées jusqu'ici dans le même but. Nous en connaissons trois : celle d'Appleton et celles de deux interprètes antérieurs, Jess et Schlossmann, dont nous dirons un mot dans la note (1), parce qu'Appleton ne les a pas discutées. Tous les deux veulent concilier D. (17, 1), 57, avec l'idée que le juge de la Publicienne devait absou-

(1) Pour Jess (*Jahrb. f. Dogm.*, XIV, n° 4), le *venaliciarius* de D. (17, 1), 57 est l'un des acheteurs, celui au sujet duquel Papinien aurait été consulté. Par les mots *servos ab emptoribus usucaptos videri*, Papinien entendrait la *fiction* d'usucapion, c'est-à-dire la Publicienne qui compéterait aux acheteurs (et parmi eux au *venaliciarius*) en tant qu'acquéreurs bonitaires de choses mancipables. « La Publicienne compète au marchand d'esclaves, » dirait Papinien, « mais le propriétaire et mandant la fera échouer (*venaliciarium... non utiliter acturum*) par l'exception de propriété que le préteur lui donnera *causa cognita* » (*cum exceptio iusti dominii causa cognita detur*). — Outre qu'elle est trop artificielle, cette interprétation de Jess est impossible parce qu'elle part d'un texte faux, à savoir du *non utiliter* de la Florentine, que réfute le *non inutiliter* de quatre textes équivalents à elle (voir p. 314, n. 1). Très différente mais non moins artificielle est l'interprétation de D. (17, 1), 57, par Schlossmann, *Lehre vom Zwang*, p. 151 et suiv. Il lit *non inutiliter*, mais comme Jess, il comprend le *cum exceptio... detur* dans le sens d'un fait spécial : l'exception est, *dans l'espèce*, donnée après enquête, tandis que nous l'interprétons comme de Savigny : l'exception de propriété n'est *toujours* donnée qu'après enquête (et dans le cas particulier, cette enquête aboutira à son refus). — D'après Schlossmann, Papinien conseillerait, au contraire, l'insertion de cette exception, mais non pas dans l'intérêt du défendeur, qui n'en aurait pas besoin, étant (d'après lui), sûr d'être absous *officio iudicis*, mais tout au contraire dans l'intérêt du demandeur et dans le seul but de permettre l'insertion, en faveur de celui-ci, d'une réplique *in factum*, par laquelle le préteur briserait l'usucapion intermédiaire des tiers. — Et pourquoi alors ne pas accorder une fiction négative : *si N^{us} N^{us} non usucepisset?* — Parce que, dit Schlossmann, les préteurs, sous l'empire, ne pouvant plus réaliser l'équité par la libre création de nouvelles actions utiles, la jurisprudence dut recourir à l'utilisation artificielle et recherchée de procédés édictaux.

Cette interprétation de D. (17, 1), 57 échoue contre deux objections. D'abord, Papinien aurait dû mentionner la réplique *in factum*, pour l'introduction de laquelle il aurait conseillé le détour artificiel de l'insertion par elle-même superflue d'une exception pour un cas d'absolution *officio iudicis*. Et puis, il n'aurait certes pas désigné comme une concession ou dation (au défendeur !) : *cum exceptio...* DETUR, l'octroi de cette exception destinée à faire succomber le défendeur. Il aurait employé un terme neutre, comme *cum exceptio... inseratur.*

dre d'office le défendeur qui prouvait la survenance d'un fait extincteur de la propriété.

Appleton n'admet pas non plus le désaccord entre D. (17, 1), 57, et le sens logique de la formule publicienne. Mais il cherche leur conciliation et, en même temps, la solution de beaucoup d'autres problèmes de la Publicienne dans une nouvelle interprétation de sa formule. Traduisant *anno* par *depuis un an*, il comprend ce « *si (hominem traditum) anno possedisset, tum si eum... eius esse oporteret ;* » ainsi : « Le demandeur serait-il propriétaire dans le moment actuel (de la litiscontestation), si *dans ce moment* il avait possédé depuis un an ? » Le demandeur serait donc censé avoir perdu la possession que la tradition lui avait donnée et l'avoir ensuite reprise et continuée pendant une année imaginaire précédant le procès. Ce serait une usucapion en vertu du titre primitif, mais *à possession reprise* (II, p. 151). La possibilité d'une telle usucapion une fois admise, il est certain qu'elle aurait lieu nonobstant l'usucapion intermédiaire d'un tiers, car mon titre me resterait. D. (17, 1), 57, où la Publicienne survit *officio iudicis* à l'usucapion d'un tiers, découlerait donc de l'interprétation rigoureuse de la formule. Par contre l'aliénation, comme renonciation au titre, couperait court à cette usucapion. La Publicienne de l'aliénateur serait donc à débouter *officio iudicis*, conformément à la conséquence (repoussée par nous) qu'Audibert et Appleton croient devoir tirer de l'argument de la loi Cincia.

Mais peut-on admettre cette usucapion en vertu du titre primitif et à possession reprise ? D. (41, 3), 15, § 2, et D. (41, 4), 7, § 4, semble exiger pour la nouvelle possession *aussi un titre nouveau*. Et, en tout cas, ils exigent une nouvelle bonne foi au moment de la reprise de possession, c'est-à-dire avec la Publicienne d'Appleton au moment de la litiscontestation. La *mala fides supraveniens* aurait détruit cette Publicienne, voilà un argument décisif contre le nouveau système (1).

____

(1) Voir, dans le même sens, Audibert, *Nouv. Revue histor.*, 1890, p. 276. — Voici d'autres objections. Contrairement aux règles d'or, D. (1, 3) 3-6, le préteur, avec cette interprétation, aurait sacrifié la solution facile du cas normal à la solution équitable de cas rares et compliqués. Car, autant elle serait utile pour des complications comme D. (17, 1), 57, autant cette interprétation serait embarrassante pour le cas régulier, où il s'agit simplement d'une chose perdue

Il faudra donc rejeter l'idée d'Appleton et traduire la formule publicienne par « si *lors de la tradition* le demandeur avait possédé un an, serait-il *maintenant* propriétaire ? »

Et il faudra de même reconnaître la contradiction entre la conséquence logique de cette formule et entre D. (17, 1), 57, contradiction que l'on pourra concilier par l'hypothèse proposée plus haut.

Pour conclure relativement à D. (17, 1), 57, disons que les choses que ce texte semble nous attester : la survie de la Publicienne, la *causae cognitio* pour l'exception de propriété, sont étonnantes et ne sont confirmées par aucun autre fait.

Mais ces choses sont possibles, et, comme aucun autre témoignage ni indice ne s'y oppose catégoriquement, nous sommes forcés de les accepter comme base de notre système de la Publicienne. Base chancelante et peu sûre, mais base obligée. Si l'on n'a qu'un seul témoin, dont rien ne prouve, mais dont rien aussi ne contredit la bonne foi, il serait imprudent de jurer sur ce qu'il dit, mais il est moins admissible encore de n'en tenir aucun compte. Or, c'est ainsi que Brezzo et d'autres avant lui ont traité le témoignage de D. (17, 1), 57.

V. — *Examen général des systèmes de Schulin-Appleton et de Brezzo sur les revendications utiles et la soi-disant propriété résoluble.*

Dans des cas extrêmement variés, les textes romains accordent une « revendication utile » à des ex-propriétaires ou même à des non-propriétaires, mais qui réclament des choses achetées pour leurs deniers. La théorie ordinaire voit dans tous ces cas des revendications, que le préteur aurait octroyées *ex æquo et bono* et au moyen de fictions variées. Mais d'après Schulin et Appleton nous serions partout ici en présence d'une *Publicienne* habilement utilisée. Il en serait de même pour les

---

avant l'usucapion achevée. Comment ne pas supposer ici l'achèvement de cette usucapion ? D'autant plus que la formule (*traditus est... anno possedisset*), l'édit (*traditum... et nondum usucaptum*) et les juristes (p. ex., G., 4, 36. ac *si dominus factus* ESSET, et non pas *factus* SIT) indiquaient très clairement, comme analogie à suivre, celle de l'accomplissement (NONDUM *usucaptum*) de l'usucapion commencée *lors de la tradition.*

ventes et donations résolutoires, où, d'après la théorie ordinaire, il y a une propriété résoluble, c'est-à-dire qui de plein droit fait retour sur l'aliénateur.

Brezzo est d'accord avec Schulin et Appleton pour condamner l'idée de la propriété résoluble et pour donner au phénomène des ventes et donations résolutoires une explication simplement de procédure. Mais au lieu de la Publicienne il admet dans tous ces cas également, une revendication fictive et octroyée souverainement par le préteur.

Avant d'aborder les textes dont l'interprétation est fort douteuse, examinons la probabilité générale de ces deux systèmes.

D'après Schulin et Appleton, le secours d'équité serait dans presque tous ces cas (1) accordé par l'utilisation de procédés purement « édictaux » et de droit commun, en combinant la Publicienne avec les répliques de dol, de contrainte, etc. D'après Brezzo, au contraire (et en général aussi d'après la théorie ordinaire), il y aurait une réalisation absolument libre de l'équité par des procédés purement « décrétaux. » Il est d'abord certain que l'action prétorienne purement décrétale, l'action utile proprement dite, a joué un rôle important jusqu'à la fin du droit romain (2). Et elle l'a joué surtout comme instrument des juristes de l'empire. Le préteur était pour la théorie juridique un organe tout aussi docile et aussi maniable que le juge juré. En formulant et précisant les règles de « l'office du préteur, » elle le dirigeait jusque dans son activité librement décrétale, tout comme elle dirigeait les juges jurés, surtout ceux de la bonne foi, en énonçant et précisant les règles sur leur *officium iudicis*. Et ainsi la jurisprudence a accompli son œuvre réformatrice par deux voies : *interpretatione et iurisdictione* (3). *Interpretatione* : en dirigeant le juge juré dans l'interprétation, souvent artificielle et excessive (4), du droit existant. *Iurisdictione* : en exigeant (5) du préteur au

(1) Dans tous, sauf pour la revendication utile de l'époux donateur, du pupille, du soldat pour les choses achetées pour leurs deniers.

(2) Par exemple pour la création de la cession des créances.

(3) Ulpien, D. (1, 3), 13 : *Quotiens lege aliquid unum vel alterum introductum est, bona occasio est, cetera quae tendunt ad eandem utilitatem* VEL INTERPRETATIONE VEL CERTE IURISDICTIONE *suppleri.*

(4) Exemple : D. (13, 7), 9, § 3.

(5) Ex. : *Africain*, D. (4, 6), 43 : OFFICIUM PRAETORIS EST *introducere utilem*

nom des principes juridiques l'octroi par un décret rendu *ex aequo et bono* de mesures non prévues par l'édit. L'obéissance du préteur étant certaine, les juristes parfois désignent de telles mesures comme existantes déjà, par exemple Ulpien D. (19, 5), 21 : *quotiens deficit actio vel exceptio, utilis actio vel exceptio* EST (au lieu de *dabitur*). C'est donc à tort que Schulin et surtout Appleton (1) croient réfuter la nature décrétale de notre *action in rem utilis*, en insistant sur les textes qui en parlent comme d'une action déjà existante et dont l'octroi dépendrait de la jurisprudence (2).

Le secours purement décrétal, que Brezzo croit trouver dans tous nos cas, est donc possible en lui-même aussi bien que d'après les textes. A Schulin et Appleton, qui contestent sa possibilité, on peut reprocher d'avoir, vis-à-vis de l'importance de l'œuvre prétorienne, oublié le préteur lui-même et son activité créatrice. Mais il ne faut pas non plus se tromper en sens inverse et méconnaître l'importance doublement grande pour le conservatisme des juristes de l'empire, de l'œuvre prétorienne déjà faite, l'importance de l'édictal vis-à-vis du décrétal (3). Le décrétal est une innovation, une infraction aux traditions (*sollemnia*) à laquelle il ne faut recourir que difficilement, car : *nihil facile mutandum est ex sollemnibus* (D., 4, 1, 7, pr.) (4). Il paraît dès lors certain que là où la

---

actionem; Julien, D. (1, 3), 12 : *ad similia procedere et ita ius dicere* DEBET; Paul, D. (44, 7), 34, *pr.* : *haec sententia per praetorem* INHIBENDA EST; Julien, D. (39, 2), 7, § 2 et 9, *pr.*, consulté dans un procès de *damnum infectum*, répond en indiquant certains moyens étrangers à l'édit, et que, dit-il, le préteur devra donner (*interdictum* REDDENDUM); Julien, D. (7, 6), 3, actionem .. habere non *debet* ; etc.

(1) Nᵒˢ 250, 261, 290, etc.

(2) Ulpien, D. (6, 1), 5, § 3 : *de arbore... Varus et Nerva utilem in rem actionem dabant*; Ulpien, D. (39, 6), 29 : *adhuc quis dabit in rem donatori*; Ulpien, D. (4, 2), 9, § 6 : *licet in rem actionem dandam existimemus*; Gordien, C. (2, 19 < 20 >), 3 : *placuit in rem quoque dari actionem.* — Voici, pour des moyens purement décrétaux, des phrases semblables : Ulp., D. (5, 3), 13, § 4 : *putat... Cassius dandam utilem actionem* ; Paul, D. (43, 1), 4 : *post annum iudicium dandum Sabinus respondit* ; Ulp., D. (39, 2), 7, § 1 : *interdictum reddendum* ; etc.

(3) Brezzo ne commet pas cette erreur, *R. v. ut*, p. 35 : « ... tutti questi mezzi, ove il Pretore si scosta dal *ius civile* e procede anche esteriormente affatto libero, e di cui ha egli solo tutta la responsabilità, sono posti in opera *solo quando la necessità lo esige e sempre in linea sussidiaria.* »

(4) Aussi le texte cité plus haut (p. 21, n. 2) n'accorde-t-il le secours préto-

« survie » de la Publicienne (D., 17, 1, 57 ! ?) permettait un
secours par simple réplique les juristes de l'empire n'auraient
pas, pour la restituer elle, recouru à une fiction rescisoire qui
en aurait fait une « *nova actio* » — *non est nova actione opus
cum Publiciana... utilis sit* pour parler avec Gaius (D. (16, 1),
13, § 1.

« Pour la restituer elle, » c'est-à-dire pour venir en aide à
des personnes qui, avant le fait extincteur, auraient intenté la
Publicienne et non la revendication. Or, d'après notre supposition (1) (très en l'air, nous le savons bien), ces personnes
étaient peu nombreuses, c'étaient les seuls possesseurs des
nondum usucapta, tandis que pour la grande masse des choses acquises depuis plus de un ou deux ans on n'intentait
guère que la revendication (2). Reste à savoir si, pour ces choses, auxquelles la Publicienne *ordinaire* ne s'appliquait pas,
on n'utilisait pas peut-être la Publicienne *survivante*. On aurait
demandé au préteur de restituer la revendication, mais il aurait
restitué la Publicienne dans le seul but de pouvoir se tirer
d'affaire par le *commune auxilium* d'une réplique, plutôt que
par l'*extraordinarium auxilium* d'une fiction rescisoire et qui
aurait produit une *nova actio*. Le respect de l'aristocratie de
l'empire pour la tradition et les *sollemnia* allait-il jusqu'à faire
préférer au préteur une action par elle-même non usitée, uni-
quement dans le but de ne pas devoir recourir à des trucs de
procédure extraordinaires? Pour répondre à cette question
nous n'avons qu'une seule analogie et très faible encore. Mais
telle qu'elle est elle parle plutôt en sens négatif. C'est l'analo-

---

rien (*iurisdictio*) qu'à défaut du secours par l'interprétation du droit donné :
interpretatione VEL CERTE *iurisdictione*. Et Papinien, D. (19, 5), 1, ne veut recourir aux actions *in factum* que « *cessantibus iudiciis prodilis et vulgaribus
actionibus.* » Plus que ça. Même dans les cas d'un secours prévu par l'édit
(restitution des mineurs, S.-C. Velleien), les juristes ne veulent voir accordée
l'action rescisoire, l'action nouvelle — « *ex instauratione negotii tributa
actio,* » Diocl., C. (2, 31 < 32 >), 2, — qu'à défaut de tout moyen traditionnel et
ordinaire : *si communi auxilio... munitus sit, non debet ei tribui extraordinarium auxilium.* — *Generaliter probandum est, ubi contractus non valet
pro certo praetorem se non debere interponere :* Ulpien, D. (4, 4), 16, *pr.*, § 3.
— *De pignoribus... non est nova actione opus cum quasi Serviana in his
utilis sit :* Gaius, D. (16, 1), 13, § 1.

(1) *Supra,* p. 10.

(2) *Quid* des fonds provinciaux? Nous l'ignorons. Voir *supra,* p. 11.

gie de l'action pour l'usufruit prétorien. Rédigée (*in factum*) de façon à ce que les causes civiles d'extinction ne la coupaient pas *officio iudicis* (D., 7, 6, 3), elle établissait pour l'usufruit prétorien (*ususfructus traditus?*) une « survie » dont la jurisprudence aurait pu se servir pour corriger les rigueurs de la théorie civile. Car l'usufruitier civil aura été le plus souvent en même temps un usufruitier prétorien. L'action promise à celui-ci aura compété à l'usufruitier civil tout comme la Publicienne compète au propriétaire civil. On s'attendrait donc à voir les juristes cultiver cette survie et s'en servir par exemple pour abolir l'extinction de l'usufruit par la cause, strictement civile et désapprouvée par le *ius gentium*, de la *capitis deminutio minima*. Au lieu de cela, Julien, D. (7, 6), 3 et Ulpien, D. (7, 4), 1, *pr.*, sont d'accord pour prescrire au préteur de refuser l'action prétorienne dans tous les cas où s'éteindrait un usufruit civil. L'idée qu'on pourrait par cette action non compétente en elle-même venir en aide aux usufruitiers civils est évidemment très loin de leur esprit. Ce fait nous semble fournir une analogie pour notre question de la Publicienne.

En résumé nous désignerons donc comme absolument possible l'explication des actions *in rem* utiles par une intervention souveraine du préteur, organe des juristes et des empereurs. Mais nous dirons d'autre part que si la Publicienne « survivait » comme D. (17, 1), 57, nous force de le supposer, sa restitution sans fiction et par voie de répliques paraît absolument probable pour les ex-possesseurs publiciens. Tandis que pour les ex-*propriétaires* (ceux qui avant et sans le fait extincteur auraient demandé la revendication et non la Publicienne) nous admettrons plutôt la restitution par fiction décrétale de la revendication que l'octroi par des répliques édictales de la Publicienne survivante.

Mais tout cela est absolument hypothétique.

VI. — *Examen, d'après les textes, des théories de Schulin-Appleton et de Brezzo sur les revendications utiles.*

Commençons par l'action *in rem* de celui dont la chose a été usucapée pendant son absence et sans sa faute. Dans deux seulement des nombreux textes qui en parlent, cette action *in rem* est la Publicienne, à savoir dans D. (17, 1), 57, et dans D. (44, 7), 35, *pr.*

Le premier texte (tel que nous l'avons) nous montre (1) l'absent secouru par la dénégation, au propriétaire par usucapion, de l'exception *dominii.* Cette dénégation se fait-elle en vertu de l'édit sur la restitution des absents : D. (4, 6), 1, § 1, dont la clause générale paraît, d'après D. (4, 6), 26, § 9, 28, *pr.*, applicable à notre marchand d'esclaves, ou est-ce que le préteur l'accorde en dehors de la restitution en entier proprement dite et par la seule utilisation de la *causae cognitio* qui, de par l'édit, précédait toujours (d'après D., 17, 1, 57) l'insertion dans la Publicienne d'une exception de propriété? La manière dont Papinien s'exprime semble indiquer plutôt ce deuxième procédé. La question est du reste sans intérêt pratique, car des deux manières également le secours ne serait qu'annal. Pour la restitution cela est certain, mais la Publicienne restituée, grâce à la *c. c.* sur l'exception de propriété, serait aussi « annale, » comme étant accordée à l'encontre de l'usucapion et du droit civil. Cela d'après Paul, D. (44, 7), 35, *pr.* : <*Publiciana*> *cum rescissa usucapione redditur anno finitur quia contra ius civile datur.*

Quant à ce deuxième texte sur la Publicienne restituée contre l'usucapion, nous avons déjà vu (2) que le *rescissa usucapione* ne peut, d'après D. (17, 1), 57, être compris d'une fiction rescisoire insérée dans l'*intentio* même de la Publicienne, mais qu'il faudra le comprendre de l'invalidation de l'exception de propriété par une réplique rescisoire et fictive : *ac si usucaptum non esset.*

Ce sont là les deux seuls textes qui montrent un secours contre l'usucapion, au moyen d'une Publicienne survivante.

Quant à C. (2, 50 <51>), 3, que Schulin cite encore, il y est question du secours contre la *longi temporis praescriptio*, qui s'opposait à une revendication provinciale (3). Et dans les au-

---

(1) Voir *supra*, p. 14 et suiv.
(2) Voir *supra*, p. 15.
(3) Alex., C. (2, 50, < 51 >), 3 : *Quod tempore militiae de bonis alicuius possessum ab aliquo est, posteaquam is rei publicae causa abesse desiit, intra annum utilem amota praescriptione temporis medii possessionem vindicare*

tres textes (1) sur la restitution des absents contre l'usucapion, il s'agit très certainement partout d'une *revendication* restituée au moyen d'une fiction rescisoire en vertu de l'édit D. (4 , 6), 1, § 1. Telle est aussi l'opinion d'Appleton (n° 237), tandis que Schulin voulait voir dans tous ces cas l'utilisation, en faveur des absents , de la Publicienne survivante.

Si l'on admet nos deux prémisses : la Publicienne survivante utilisée pour ceux-là seuls qui avant le fait extincteur auraient intenté la Publicienne, et puis : la Publicienne bornée aux seuls *nondum usucapta* , on ne trouvera pas étonnante la rareté du secours accordé aux absents par la Publicienne survivante que semblent attester nos textes avec deux Publiciennes contre huit revendications. Sur dix esclaves « appartenant » à un absent il y en aura bien eu huit qui étaient depuis plus d'un an dans son patrimoine. ,

Le même raisonnement conjectural nous fera présumer pour une utilisation relativement rare de la Publicienne survivante aussi en faveur des victimes d'une exaction. Si l'aliénation extorquée leur a fait perdre la Publicienne, le préteur la leur restituera au moyen d'une réplique *metus* contre l'exception qu'invoque l'adversaire (2). Mais dans les cas beaucoup plus fréquents , où sans et avant cette aliénation la victime de la contrainte aurait intenté la revendication , nous supposerons a priori (et d'après l'analogie des textes sur l'absence) que le préteur , au moyen d'une fiction rescisoire , leur restituait la revendication. Cependant , d'après Schulin et Appleton, les deux textes sur notre question (3) montreraient tous les deux et indiscutablement le secours par la Publicienne survivante.

La question nous paraît devoir rester ouverte ; car si la revendication décrétale avec fiction rescisoire nous paraît plus probable a priori, il y a, dans les arguments de Schulin-Appleton pour l'utilisation de la Publicienne, deux d'assez forts (4),

---

permissum est : ultra autem ius possessoris laedere contra eum (sic !) *instilutum non oportet*. — Il s'agit du fonds (*possessio*) d'un soldat, c'est-à-dire d'un provincial.

(1) I. (4, 6), 5 ; D. (4, 6), 1, § 1 ; 17 *pr.* ; 26, § 7 ; 28, § 5 ; C. (2, 53 < 54>), 5 ; C. (3, 32), 24.

(2) L'exception tirée du fait de l'aliénation, voir p. 17.

(3) Ulpien, D. (4, 2), 9, §§ 4 et 6, et Gordien, C. (2, 19 < 20 >), 3.

(4) Nous ne faisons aucun cas des arguments suivants : 1° des mots *secundum*

à savoir la perpétuité de l'action attestée par C. (2, 19 < 20 >), 3, et l'absence dans elle d'une fiction rescisoire que semble attester D. (4, 2), 9, § 4.

Commençons par ce deuxième argument. Ulpien D. (4, 2), 9, § 4, dit : *Volenti autem datur et in rem actio et in personam rescissa acceptilatione vel alia liberatione.*

Pourquoi ne dit-il pas : *in rem actio* RESCISSA ALIENATIONE ? Avec la Publicienne, cette omission serait correcte, car, grâce à sa survie, elle serait remise en vigueur sans fiction rescisoire, par une simple réplique de contrainte contre l'exception du défendeur. Il en résulte donc incontestablement une certaine présomption en faveur de la Publicienne.

Mais cette présomption est loin d'être absolue. Il y a, en effet, deux possibilités pour concilier ce texte avec une revendication rescisoire. D'abord, celle signalée par Huschke, qu'Ulpien aurait expressément relevé le caractère rescisoire pour l'action *in personam*, dans le seul but d'éviter sa confusion avec l'action

---

formam perpetui edicti qui, dans le rescrit de Gordien, C. (2, 19 < 20 >), 3, se trouvent placés entre la désignation de l'action et l'indication de la procédure à suivre pour la demander au gouverneur de province. Ces mots doivent être rattachés à cette dernière et désignent, comme dans les textes C. (2, 19 < 20 >), 4, 7 (et 5 : *iurisdictionis tenore ?*), la réaction contre la contrainte *par la procédure privée en vertu de l'édit* par opposition à la réaction par voie d'accusation publique d'après les lois *Juliae de vi* : C. (9, 12), 4, 5, 7 *pr.* La connexité entre ces deux conséquences de la contrainte était, en effet, très étroite, comme cela résulte, par exemple, de l'insertion dans les deux titres du décret de Marc-Aurèle : D. (4, 2), 13 ; D. (48, 7), 7. L'édit invoqué par Gordien est donc l'édit *sur la contrainte*.

Schulin et Appleton, au contraire, rattachant à *actionem* les mots *secundum formam perpetui edicti*, voient dans cet édit l'édit *publicien*. Cela nous paraît inadmissible. Consulté par un simple particulier sur un cas de contrainte, l'empereur, en parlant de « l'édit perpétuel, » ne pouvait être compris que de l'édit sur la contrainte (voir la loi 4 du même Gordien). S'il voulait parler de l'édit publicien, il aurait dû le nommer. Avec la manière de parler précieuse que lui suppose Schulin, son allusion à la Publicienne serait restée cachée à son consultant, tout comme elle l'est restée aux romanistes jusqu'à Schulin.

2° Nous repoussons également l'argument contre la revendication fictice décrétale et pour la Publicienne que Schulin et Appleton croient pouvoir tirer des termes *existimemus* et *placuit*, par lesquels nos deux textes attribuent à l'action *in rem* une origine jurisprudentielle. Nous avons vu, en effet, que les créations librement décrétales du préteur pouvaient être et étaient souvent attribuées à l'activité des juristes. Et même le *postquam placuit in rem... dari actionem* parle sensiblement pour un moyen octroyé *decreto praetoris.*

personnelle *quod metus causa*, tandis que, pour l'action *in rem*, sa nature rescisoire lui aurait paru évidente.

Puis et surtout il y a la possibilité d'une interpolation. Un *rescissa mancipatione* pourrait avoir été supprimé par les compilateurs, ou aussi avoir été remplacé par les mots, ailleurs sans analogie, *vel alia liberatione* (1).

Il est en effet certain que, dans notre texte de D. (4, 2), 9, les compilateurs ont effacé plusieurs mentions de la mancipation (2). Dans les textes authentiques, la mancipation est aussi fréquente que la tradition est rare (3), et ce n'est pas dans les exactions où, à défaut de la justice matérielle, on aime à avoir pour soi les formalités légales, que les Romains auront préféré la tradition difforme à l'acte plus usité et plus sûr de la mancipation. Aussi Gaius, 4, 117, et Paul, 1, 7, § 6, nous parlent-ils de mancipations extorquées.

La *tradition* extorquée des §§ 5 et 7 de D. (4, 2), 9 est donc, à priori, suspecte. Et ce soupçon est confirmé par les forts indices d'une mancipation primitive que Gradenwitz a relevés. La tradition sans *causa traditionis* au § 5 a tout l'air d'une mancipation, et le *retradatur* du § 7 est très probablement un *remancipetur* primitif, parce que, inconnu des textes authentiques, ce terme ne se trouve que dans trois textes fortement suspects des Pandectes. De même que Gaius et Paul, Ulpien aussi aura donc donné la mancipation comme type de l'aliénation extorquée. Très possible dès lors qu'un *rescissa mancipatione* au § 4 a été rayé ou mal interpolé par un compilateur plus expéditif qu'adroit.

L'omission du *rescissa alienatione*, dans notre § 4, bien qu'il soit, — répétons-le, — un indice assez fort pour l'utilisation de la Publicienne, n'en est donc nullement un indice irréfutable.

Nous en dirons autant de l'argument que Schulin tire, en fa-

---

(1) Il est certain que les compilateurs auraient dû mettre *rescissa alienatione*, mais la rapidité de leur travail leur a fait commettre, aussi ailleurs, plus d'une bévue.

(2) Voir Schlossmann, *Lehre v. Zwange*, p. 76 ss., et surtout Gradenwitz, *Savigny Ztschr.*, VI, p. 65-7; VII, p. 50. — Ce sont les arguments de Gradenwitz que nous résumons dans le texte.

(3) Dans les textes sur l'acquisition par les esclaves, la mancipation figure six fois (G., 2, 87; 3, 166, 167; Ulp., 19, 18; *Fr. Vat.*, 89), la tradition deux fois seulement, et seulement à la suite de la mancipation (G., 2, 87; Ulp., 19, 18).

veur de sa Publicienne, de la non annalité de l'action *in rem*
dans le rescrit de Gordien, C. (2, 19 < 20 >), 3. « Vous pou-
vez, » dit l'empereur, « selon les prescriptions de l'édit,
postuler l'action *in rem : Si modo qui secundo loco compa-
ravit longae possessionis praescriptione non fuerit munitus.* »
Ainsi, l'empereur suppose comme pratiquement possible, que
l'on pourrait intenter cette action *in rem* pendant dix ans. Ce
n'est donc très certainement pas une action annale. Or, dit
Schulin, une revendication fictice accordée par voie de restitution en entier aurait été annale. La perpétuité ne s'explique,
d'après lui, qu'avec une action perdue seulement *ope exceptionis*, et qui aurait permis un secours par le moyen perpétuel
de la réplique, *metus*. Et, dit-il, la seule action ayant cette nature est la Publicienne.

Cet argument encore est sérieux ; mais il est loin de prouver avec certitude la nature publicienne de l'action *in rem* de
notre texte. En effet, ce texte tout d'abord se rapporte à un
fonds provincial, et l'application aux fonds provinciaux de la
Publicienne est douteuse. Puis nous ignorons la rédaction de
la *revendication* provinciale. Peut-être que, sur elle aussi, l'aliénation n'agissait qu'*officio praetoris* et admettait ainsi une restitution par la réplique de contrainte.

Nous désignerons de même, comme une simple hypothèse
non prouvée, la dernière des prémisses de Schulin, à savoir
l'annalité de la restitution pour contrainte et des actions rescisoires qui en découlent.

Il est certain qu'à priori on supposera que la restitution pour
contrainte était perpétuelle comme celles pour minorité ou
absence, et comme, en général, les moyens prétoriens contraires
au droit civil (1). Mais, d'autre part, il y a une restitution en
entier perpétuelle, à savoir pour *capitis deminutio*, D. (4, 5),
2, § 5. Et, avec la profonde aversion de la législation impériale
pour les exactions, il ne nous semble ni impossible, ni invraisemblable que les actions rescisoires contre les libérations ou
aliénations extorquées qui semblent avoir été créées sous les
Antonins ou les Sévères auraient été perpétuelles, tout comme
l'action *quod metus causa in simplum*, D. (4, 2), 14, § 1. Car ce

____

(1) G., 4, 110; D. (44, 7), 35, *pr.*

qui rend celle-ci perpétuelle, c'est qu'elle est répersécutoire. Or l'action rescisoire aussi était simplement répersécutoire dans les cas ordinaires. Et dans les cas exceptionnels où elle n'aurait pas eu ce caractère-là, le préteur aurait naturellement refusé cette action librement décrétale, tout comme il s'était réservé la faculté de n'accorder que *causa cognita* aussi l'action *quod metus causa in simplum*.

. On peut donc, en tout cas, et peut-être même faudra-t-il supposer la perpétuité des actions rescisoires accordées par voie de restitution *propter metum*. Or, dès qu'on admet cette perpétuité, il est évident que rien, dans C. (2, 19 < 20 >), 3, ne s'oppose plus à l'idée qu'il y a là une *revendication* restituée par voie d'une fiction rescisoire, idée pour laquelle parlent la qualité provinciale du fonds en question et le terme de *postquam placuit dari actionem*.

. Nous désignerons donc, comme faibles et douteux, les indices qui, d'après Schulin et Appleton, trahissent la nature publicienne de l'action *in rem* du *coactus* dans D. (4, 2), 9, § 4, et C. (2, 19 < 20 >), 3. On peut, sans témérité, y voir des revendications rescisoires. Et nous le ferons d'autant plus que (d'après nos prémisses du moins) on aurait, sans l'aliénation extorquée le plus souvent, — pour tous les *iam usucapta*, — intenté la revendication et non la Publicienne. Or, nous avons vu que, probablement, le préteur, pour restituer contre la perte d'une action, restituait l'action même que l'on avait perdue, et non pas une autre action analogue mais inusitée, eût-elle même offert des avantages de procédure pour cette restitution.

Somme toute, nous envisagerons comme des revendications rescisoires, plutôt que comme des Publiciennes survivantes, les actions *in rem* de D. (4, 2), 9, § 4, et C. (2, 19 < 20 >), 3.

De là, passons à un cas très semblable : au cas d'une aliénation à laquelle un possesseur publicien a été amené par le dol de l'acquéreur. S'il demandait au préteur l'action *doli*, ne la lui aurait-il pas refusée, parce que *alia actio est* à savoir la Publicienne avec une réplique de dol passé : *si dolo malo N^i N^i factum sit*, à l'analogie de l'exception de dol de Gaius, 4, 117? Schulin et Appleton ne mentionnent pas ce cas, dont la solution affirmative est, d'après leurs prémisses, indiscutable. Mais ils ramènent à une Publicienne avec réplique de dol présent (*si dolo malo N^i N^i fiat*) l'action *in rem* utile que les textes accordent aux expropriés par des acquisitions originaires : accession, spécification, etc.

Ici, cependant, tous les faits nous semblent être contre eux et favorables à l'idée de revendications utiles octroyées *ex æquo et bono* par un décret du préteur. Il s'agit de trois décisions, mais dont nous possédons l'une trois fois. Celle qui remonte le plus haut est D. (6, 1), 5, § 3, où Ulpien rapporte et adopte une décision de Varus (Alfenus) et de Nerva accordant une action *in rem* utile à l'ex-propriétaire de l'arbre transplanté sur notre fonds. Les deux autres décisions sont (dans nos sources) de Gaius. Gaius, 2, 78 (reproduit par Gaius, D. (41, 1), 9, § 2, et par J. (2, 1), 34), accorde une action *in rem* utile à l'ex-propriétaire de la planche qu'un peintre a transformée en tableau. Et Gaius, D. (24, 1), 30, l'accorde à l'époux donateur d'une quantité de laine pour poursuivre l'habit qu'en a fabriqué l'épouse donatrice (1).

D'après Schulin et Appleton, cette action *in rem utilis* est la Publicienne munie d'une réplique de dol (présent) contre l'exception *dominii* du propriétaire par accession, etc. L'admissibilité de cette réplique nous paraît douteuse (2). Mais, fût-elle possible, le système des revendications rescisoires et décrétales est, en tout cas, très possible aussi.

La théorie juridique par l'intermédiaire du préteur, son organe habituel (3), aurait réalisé le précepte d'équité : *neminem cum alterius detrimento fieri locupletiorem*, D. (12, 6), 14. Pour la peinture et la spécification, l'idée de cotto intervention devait s'offrir d'autant plus facilement qu'il y avait ici, sur la question de la propriété, deux théories diamétralement opposées. L'idée de transiger entre elles par le biais de l'action utile était, dès lors, tout à fait conforme à la tendance générale des ju-

____

(1) Il est probable que cette décision vise la spécification en général, et comme telle et se rattache ainsi aux questions de l'arbre et de la planche. Elle pourrait cependant aussi être particulière à la spécification d'une chose *donnée entre époux* et se rattacher à l'action utile de D. (24, 1), 55.

(2) L'exception de dol présent dit : *petendo dolose facis*; c'est une chicane d'*intenter* un tel procès. Or, ce qui est chicaneur dans l'offensive ne l'est pas nécessairement dans la défense. On doutera donc que l'*exceptio doli praesentis* puisse se transformer en réplique contre l'invocation défensive de la propriété.

(3) Voir *supra*, p. 21, n. 5.

ristes de l'empire de chercher, entre le tout ou rien du droit traditionnel, le juste milieu, la solution *aequa et bona* (1).

Nos actions *in rem* utiles peuvent donc très bien être des revendications rescisoires et décrétales. Or, les textes et les autres faits rendent certain qu'elles le sont en réalité.

D'abord la terminologie. Leur désignation constante et, — d'après G., 2, 78, — authentique par *utilis in rem actio* est, pour la Publicienne, tout à fait inusitée (2). Il est, dès lors, inadmissible (d'après les règles de la probabilité historique) que dans tous nos textes (3) cette désignation absolument inusitée ailleurs aurait remplacé le nom ailleurs presque toujours employé de la Publicienne. Et cela dans un cas où, l'action directe étant exclue par la perte de la propriété, on devait être porté à prendre le nom d'action utile dans son sens le plus fréquent d'une action avec fiction rescisoire (4).

En outre, la Publicienne aurait dû être doublement bien désignée ici, parce que pour les choses en question personne ne pouvait à priori penser à elle. Et là nous rencontrons une deuxième objection capitale contre l'explication de Schulin et

(1) Dira-t-on peut-être (avec Appleton, II, p. 155) que depuis Adrien-Julien les juristes, pour faire donner au préteur une formule nouvelle, auraient dû passer par l'empereur ? Nous serions d'accord en principe. — Voir, par exemple, D. (1, 3), 11; D. (4, 1), 7, *pr.*, quoiqu'il y ait aussi des exceptions; par exemple, D. (39, 2), 7, § 2, et 9, *pr.*

Mais, pour nos trois cas, nous dirons d'abord que la décision sur l'arbre (qui pourrait bien être le modèle des autres) remonte au moins jusqu'à Alfenus Varus, c'est-à-dire à une époque de liberté relative des préteurs et des juristes. Puis et surtout que ces cas, et, en particulier, celui de la planche à peindre, ne sont guère que des cas d'école qui n'auront jamais donné lieu à un procès, ni, par conséquent, à la possibilité d'une intervention impériale.

(2) Ce nom ne se trouve que dans la scolie 1 Bas. (15, 1), 57, et il sera (comme ordinairement les Basiliques) emprunté à un texte du corps de droit, à savoir à la locution bien moins précise de J. (4, 6), 4.

(3) Ainsi que dans les autres textes du système de Schulin et Appleton.

(4) D'autant plus que les textes semblent accentuer l'antithèse entre la propriété qui est perdue et l'action *in rem* qui compète quand même : G., 2, 77-9 : Meum esse... *itaque si... petam... at si tu possideas consequens est ut* utilis *mihi actio dari debeat... quaeritur* utrum *meum sit.* — Ulpien, D. (6, 1), 5, § 3 : *De arbore...* utilem *in rem* actionem *dabant, nam si nondum coaluit,* mea esse non desinet (notons, du reste, que dans ce texte avant et après le § 3, Ulpien, par *in rem actio,* désigne très évidemment la revendication et non la Publicienne). — Pomponius-Gaius, D. (24, 1), 29, § 1, 30 : *Uxoris esse vestimenta* — *utilem* tamen *viro competere* (ce *tamen* pourrait cependant être des compilateurs).

Appleton. En effet, dans nos cas de spécification, accession, etc., il s'agit de choses que personne n'aura réclamées par la Publicienne, car elles ne donnent lieu ni à l'*in bonis*, n'étant pas mancipables, ni encore à une « preuve diabolique. » Celle-ci, en effet, suppose que la poursuite de la propriété en vaille la peine en raison de la valeur de la chose et qu'elle soit aisée en raison de son individualité marquée. L'un et l'autre faisant défaut pour les « planches à peindre » ou les « quantités de laine, » nous repousserons absolument l'explication de ces cas par la Publicienne. Nous repousserons également l'idée de Schulin qu'il y aurait la Publicienne dans les « revendications utiles » par lesquelles, en vertu surtout de rescrits impériaux, certaines personnes privilégiées (1) peuvent réclamer des choses achetées pour leurs deniers, comme si elles avaient été achetées en leur nom et pour leur compte.

De même que tout à l'heure il nous paraît ici encore inadmissible qu'on ait pu dans tant de textes désigner la Publicienne d'une façon ailleurs inusitée. En outre, la Publicienne, dans ce cas, n'aurait pas même offert l'avantage d'un secours édictal au lieu du « décrétal » de la revendication. En effet, la survie n'entrant pas en ligne de compte ici, la Publicienne aurait dû être accordée par une intervention décrétale du préteur tout comme la revendication (2).

VII. — *Les théories de Schulin-Appleton et de Brezzo sur la soi-disant propriété résoluble.*

Reste la partie la plus importante des hypothèses de Schulin-Appleton : l'explication, à l'aide de la Publicienne, des phéno-

---

(1) Par exemple l'époux donateur : D. (24, 1), 55; le pupille : D. (26, 9), 2; le soldat : C. (3, 32), 8, etc.

(2) L'unique avantage de la Publicienne aurait été de permettre, pour les choses mancipables, l'utilisation d'un truc de procédure plus commode, à savoir l'utilisation d'une fiction de représentation : *Si Titius A¹A¹ tutor, nomine A¹A¹ emisset.* Ce truc, en effet, aurait été impossible avec la revendication, la mancipation qui conduit à elle n'admettant pas la représentation. Mais aussi ce truc n'était pas le seul et rien n'empêchait le préteur de rendre accessible au représenté la revendication des choses mancipables par le même procédé, — à nous inconnu, — par lequel il lui accordait comme « utile » l'action *certae creditae pecuniae* (D.. 26, 9, 2), nonobstant l'impossibilité de stipuler pour autrui.

mènes résultant des ventes et donations résolutoires. Trois systèmes sont ici en présence ; le système ordinaire de la propriété résoluble, celui de Schulin et Appleton sur l'utilisation de la Publicienne, enfin celui de Brezzo (1), qui, au lieu d'un retour de la propriété sur l'aliénateur, suppose la dation à lui d'une revendication utile prétorienne.

Aucun de ces trois systèmes ne nous paraît conforme aux textes, qui nous semblent plutôt montrer deux solutions différentes, pour la vente résolutoire d'un côté, et pour la donation pour cause de mort de l'autre.

En effet, pour la vente résolutoire, nous estimons très probable l'explication par la Publicienne, possible mais peu probable celle de la propriété résoluble, et moins probable encore l'explication par la revendication utile. Dans la donation pour cause de mort, au contraire, nous renverserions volontiers le rang de ces trois explications hypothétiques en préférant la revendication utile à la propriété résoluble, et celle-ci à l'explication par la Publicienne.

Pour la vente résolutoire, avec *addictio in diem, lex commissoria*, *etc.*, le système de Schulin et Appleton se recommande par sa simplicité. Pour le créer, les juristes de l'empire n'auraient eu presque rien à inventer, mais simplement à utiliser habilement certaines règles du droit ordinaire de la vente.

Le vendeur, d'après ce système, reste propriétaire *pendente condicione* (2), pour la raison que, dans la vente avec *lex commissoria* ou *addictio*, le prix n'est ni payé (intégralement), ni encore crédité dans le sens de la règle romaine bien connue, qui maintient la propriété du vendeur aussi longtemps qu'il n'a pas reçu ou crédité le prix en *suivant la foi* de l'acheteur (3).

Mais si le vendeur conserve sa propriété et la revendication, cette dernière se brise contre l'exception de chose vendue et livrée, que l'acheteur peut lui opposer tant que la vente n'est pas résolue. L'acheteur a, de plus, la possession *ad usucapionem*, et, avec elle, la Publicienne (4). Celle-ci, à son tour, lui

(1) *Rei vindicatio utilis*, p. 16, 186-194.
(2) Cela est confirmé par plusieurs textes, surtout par D. (35, 2), 38. Hermog., Epit., lib. I : *Ad leg. Fuf. Can.* (Lenel-Hermog., 8). Voy. Appleton, n° 344.
(3) J. (2, 1), 41, et les excellents développements chez Appleton, n° 342.
(4) L'acheteur avec *addictio* est désigné comme possesseur *ad usucapionem* :

donne le droit d'hypothéquer la chose, et elle le fait appeler *dominus* par les juristes de l'empire (1). Pratiquement, c'est donc comme si la propriété compétait à l'acheteur et non plus au vendeur. Mais, dit Schulin, cette position de l'acheteur a pour seule base le contrat de vente, invoqué, tant dans l'*exceptio rei* « *venditae* » *et traditae* que dans la Publicienne *si quem hominem actor* « *emit* » *et is ei traditus est;* dès lors l'acheteur doit, du même coup, perdre son exception et son action, si, par la condition résolutoire, le contrat se trouve résilié, et la chose *inemta* et *invendita.* L'acheteur, alors, n'a plus aucun droit sur la chose, tandis que le vendeur recouvre le libre exercice de sa revendication et de sa propriété. C'est comme si la propriété était retournée de l'acheteur sur le vendeur.

On ne méconnaîtra pas la haute vraisemblance de cette explication des phénomènes de la vente résolutoire. Aussi l'adoptons-nous hypothétiquement malgré les objections qu'on peut lui faire.

On peut, en effet, d'abord objecter que le mécanisme de l'*addictio,* etc., doit s'être appliqué aussi aux fonds provinciaux, et qu'ainsi il ne saurait avoir reposé sur la Publicienne, si celle-ci, — comme cela est très possible (2), — n'était pas applicable à ces fonds. Puis, et surtout, on objectera qu'aucun des textes sur la vente résolutoire ne fait la moindre allusion à une utilisation de la Publicienne ou des autres institutions que Schulin met en jeu.

Nonobstant ces objections, le système de Schulin-Appleton nous paraît beaucoup plus vraisemblable que les deux autres explications de la vente résolutoire, à savoir par la propriété résoluble ou par l'intervention décrétale du préteur.

Ces deux explications se mettent, en effet, en opposition avec les textes, en attribuant la propriété *pendente condicione* à l'acheteur, alors que les textes nous ont montré le vendeur

D. (18, 2), 2, § 1: D. (41, 4), 2, § 4. Comme tel, il doit avoir la Publicienne. Or, Gaius, D. (6, 2), 8, l'attribue précisément à l'acheteur même avant qu'il ait payé son prix, et malgré la forme conjecturale qu'il donne à cette règle (*potest coniecturn capi*), on peut l'envisager comme généralement admise par la jurisprudence de cette époque.

(1) L'acheteur avec *addictio* peut hypothéquer la chose : Ulp., D. (18, 2), 4, § 3. Le même texte le désigne comme *dominus.* De même Paul, D. (39, 3), 9, *pr.*

(2) *Supra,* p. 11 et suiv.

comme propriétaire (1), et l'acheteur comme simple possesseur *ad usucapionem* (2), ce qui, de plus, semble seul conforme à la règle romaine sur la propriété des choses vendues.

Les deux explications des ventes résolutoires par la propriété résoluble et par l'intervention décrétale du préteur sont donc très contestables dans leur point de départ même. Mais il y a, de plus, certaines objections particulières à la deuxième explication. D'abord, le fait qu'Ulpien, D. (18, 2), 4, § 3, désigne l'acheteur comme seulement *medio tempore dominus*, car, dans le système de la revendication utile, l'acheteur resterait propriétaire jusqu'à la fin, seulement que le préteur lui refuserait la revendication et accorderait une revendication utile au vendeur. Puis il n'y a, dans les expressions des textes sur la vente résolutoire, aucune allusion à une intervention décrétale du préteur.

Mais cette intervention prétorienne nous paraît, au contraire, extrêmement probable pour la donation pour cause de mort : D. (39, 6), 29, 30. Une telle donation, dans le droit romain développé, est résolue par deux faits : par la survie du donateur (au donataire, ou, du moins, à l'événement prévu) et par la révocation. Or, pour le deuxième fait, son effet réel était, — d'après Ulpien D. (39, 6), 30 (3), — très certainement amené par l'intervention décrétale du préteur. On présumera dès lors pour le même système encore dans le cas de survie. Ulpien D. (39, 6), 29 (4). Les expressions de ce texte (*potest defendi, in rem competere; adhuc quis dabit*) s'accordent avec cette interprétation.

Toutefois, la non-désignation comme *utilis* de l'action du fr. 29 pourrait nous faire hésiter. Elle s'expliquera cependant

----

(1) *Supra*, p. 34, n. 2.

(2) *Supra*, p. 34, n. 3.

(3) Ulp., XXI, ad. Ed. *Qui mortis causa donavit, ipse ex poenitentia condictionem vel utilem actionem habet.*

(4) Ulp., XVII, ad Ed. : *Si mortis causa res donata est, et convaluit qui donavit, videndum an habeat in rem actionem? Et si quidem quis sic donavit, ut si mors contigisset tunc haberet cui donatum est, sine dubio donator poterit rem vindicare, mortuo eo, tunc is cui donatum est. Si vero sic ut iam nunc haberet, redderet si convaluisset, vel de proelio vel peregre rediisset, potest defendi in rem competere donatori, si quid horum contigisset, interim autem ei cui donatum est. Sed si morte praeventus sit is cui donatum est, adhuc quis dabit in rem donatori.*

par la provenance de ce texte du livre XVII, *Ad Ed.*, où Ulpien semble avoir traité *ex professo* des actions *in rem* utiles : Lenel, Ulp., 581-4. En outre, on peut objecter à cette explication de D. (39, 6), 29, que la revendication (directe) que Brezzo veut accorder pour toujours au donataire ne lui est attribuée par Ulpien qu'intérimairement : *interim (competit) ei cui donatum est*, et surtout qu'il semble attribuer une seule et même action au donateur et au donataire. Mais avec la manière de parler peu exacte des juristes romains, et d'Ulpien en particulier, ces arguments n'ont pas beaucoup de poids et ne nous empêchent pas d'adopter comme très vraisemblable l'explication de l'effet réel des donations résolutoires par l'intervention décrétale du préteur. Nous supposerons donc que les juristes classiques, ne pouvant étendre au delà de la vente la solution basée sur la Publicienne et sur les principes de la vente, auront, pour amener le même résultat dans la donation résolutoire, fait appel à l'intervention décrétale du préteur.

En second lieu et subsidiairement, nous admettrions le retour de plein droit de la propriété pour le cas de survie : D. (39, 6), 29. La jurisprudence classique, s'inspirant peut-être de la pro priété résoluble que les Sabiniens admettaient dans le cas voisin du legs *per vindicationem* (G., 2, 195), aurait proclamé que la survie, comme condition expresse et essentielle de la donation pour cause de mort, résiliait directement et de plein droit la propriété du donataire. Mais ces mêmes juristes n'auraient pas cru pouvoir étendre cet effet réel et direct de la condition résolutoire aussi au cas de la révocation, qui n'est pas une condition essentielle et expresse de la donation pour cause de mort. Cependant, ils auraient, d'après Ulpien, D. (39, 6), 30, demandé au préteur d'intervenir en cas de révocation pour amener *decreto praetoris* les effets qui, en cas de survie, auraient eù lieu *ipso iure civili*.

En distinguant ainsi entre les fr. 29 et 30 et en ne revendiquant pour la propriété résoluble que le premier (le cas de survie), cette hypothèse échappe aux graves objections qu'on a tirées, contre elle, du fr. 30 (1) et elle devient discutable. Mais

______

(1) Qu'Ulpien ne peut avoir appelé *utilis* la revendication *directe* que le donateur recouvrerait par le retour sur lui de la propriété, et qu'il ne peut pas

rien de plus. Elle a contre elles l'énergie avec laquelle la jurisprudence romaine a jusqu'à la fin maintenu l'idée de la perpétuité de la propriété (1). Et elle a de plus contre elle l'*utilis actio* de D. (39 , 6) , 30. Car si l'intervention décrétale dans le cas de la révocation ne démontre pas absolument l'emploi du même procédé aussi pour le cas de survie , elle le rend pourtant extrêmement vraisemblable.

Et ainsi nous désignerons l'explication de D. (32, 6), 29, par la propriété résoluble comme possible, mais comme beaucoup moins probable que l'explication de D. (39, 6), 29 et 30 également par une seule et même intervention décrétale du préteur.

Quant au troisième système, celui de la Publicienne, il nous semble échouer, pour la donation pour cause de mort, contre D. (39, 6), 30. Car l'*utilis* < *in rem* > *actio* de ce texte n'est très certainement pas la Publicienne, mais une revendication utile décrétale (2). Son octroi par le préteur suppose que pour le cas en question — la *révocation* d'une donation pour cause de mort — le moyen édictal de la Publicienne n'existait pas. Or, cela nous paraît prouver sa non-existence aussi pour le cas de survie. En effet, on comprendrait un traitement différent pour la propriété résoluble, où tout se ramènerait à une question de logique juridique. Mais cette différence serait incompréhensible avec la Publicienne, dont l'octroi, dans ces cas, se ramènerait à une réplique de dol du donateur (3). Or, pourquoi cette réplique de dol aurait-elle été accordée en cas de survie et refusée en cas de révocation ? L'explication de D. (39, 6), 29 et 30, par la Publicienne apparaît donc comme impossible dès que l'on voit dans l'*utilis actio* du fr. 30 une action décrétale et non la Publicienne. Or, cette idée nous semble s'imposer.

---

non plus avoir accordé la *condictio* (*rei ipsius*) à un propriétaire et concurremment avec la revendication. Voir Appleton, n°ˢ 289, 300.

(1) Voir Appleton, n°ˢ 298 et suiv., et, en particulier, n°ˢ 304-8 (avec l'appendice, p. 379 et s.), sur Vat. fr. 283, dont la comparaison avec C. (8, 54). < 55, > 2, a souvent été invoquée pour prouver l'abolition, en droit de Justinien, du principe que *proprietas ad tempus non datur*. A tort cependant, car M. Appleton montre que les mots *ad tempus* ne se trouvent pas dans le ms. de Vat. fr. 283, et que, d'après l'ensemble de ce texte, ils n'ont pu s'y trouver.

(2) *Supra*, p. 33.

(3) Appleton, p. 288.

VIII. — *Conclusion.*

Pour terminer, résumons nos principales conclusions. La Publicienne aura — par la formule G., 4, 36 — protégé tous les aspirants à l'usucapion, mais il nous faut renoncer à la reconstitution de son édit.

Dans la pratique, comme en théorie, elle se sera bornée aux *nondum usucapta;* son application aux fonds provinciaux ainsi que sa prétendue confusion avec la revendication sont très douteuses.

Sa formule, d'après D. (17, 1), 57, survivait aux faits destructeurs de la propriété; mais, dans le cas d'une aliénation avouée, le préteur l'aura refusée d'office.

Les juristes semblent avoir utilisé la Publicienne pour la question des ventes résolutoires, puis dans D. (17, 1), 57 et D. (44, 7), 35, *pr.*, pour secourir un possesseur publicien absent, et peut-être, — dans C. (2, 19 < 20 >), 3, — pour le secourir contre une aliénation extorquée.

Par contre, il y aura des revendications décrétales utiles dans l'effet réel de la résolution des donations pour cause de mort, ainsi que dans les autres *utiles vindicationes* ou *utiles in rem actiones.*

Ernest THORIN, éditeur, 7, rue de Médicis, 7, à Paris

REVUE GÉNÉRALE
DU DROIT, DE LA LÉGISLATION
ET DE
LA JURISPRUDENCE
EN FRANCE ET A L'ÉTRANGER

Dirigée par MM.

A. BARTHELON
Conseiller à la Cour d'appel de Paris ;

Alph. BOISTEL
Professeur à la Faculté de droit de Paris ;

J. BRISSAUD
Professeur à la Faculté de droit de Toulouse ;

Max. DELOCHE
de l'Institut ;

Th. DUCROCQ
Professeur à la Faculté de droit de Paris, Doyen honoraire, Correspondant de l'Institut ;

G. HUMBERT
Professeur honoraire à la Faculté de droit de Toulouse, Sénateur, Ancien Garde des Sceaux, Premier président de la Cour des comptes ;

Jh LEFORT
Avocat au Conseil d'Etat et à la Cour de cassation ;

Fréd. MATHÉUS
Ancien maître des requêtes au Conseil d'Etat ;

H. PASCAUD
Conseiller à la Cour d'appel de Chambéry ;

Aug. RIBÉREAU
Professeur à la Faculté de droit, à l'Ecole de commerce et d'industrie de Bordeaux.

H. BROCHER
Professeur de droit à l'Université de Genève.

Enrico FERRI
Député, Professeur à l'Université de Rome.

AVEC LE CONCOURS D'UN GRAND NOMBRE DE PROFESSEURS, DE MEMBRES DE LA MAGISTRATURE ET DU BARREAU FRANÇAIS ET ÉTRANGER

LA REVUE GÉNÉRALE DU DROIT

Paraît tous les deux mois (depuis le 1er janvier 1877) par livraisons de chacune six feuilles (*au moins*) grand in-8° cavalier et forme, à la fin de l'année, un fort volume de 600 à 650 pages, imprimé sur beau papier en caractères neufs.

Le prix de l'abonnement est de 16 fr. pour la France et les pays faisant partie de l'Union générale des postes. — Pour les autres pays, les frais de poste en sus. Prix du numéro double, séparément : 3 fr. 25.

Tout ce qui concerne la Revue doit être adressé *franco* à M. THORIN, éditeur-propriétaire-gérant de la **Revue générale du droit**.

On s'abonne, en province et à l'étranger, chez les principaux libraires et dans les bureaux de poste.